CONTENTS

この作品はフィクションです。
実在の人物・団体・事件などに一切関係ありません。

恋がゆれる、キスの誘惑

1

「だから、おまえはダメなんだ」

「ダメとかゆーな、たかが宿題を忘れてたくらいで!」

「だったら人を頼りにしないで自分でやれ。たかが宿題だろう?」

「うっせーな! 何様だよ、リュージュは! いちいちオレに命令すんな!」

どんどんヒートアップする言い争いを、そばでハラハラしながら見守っていた今井《いまい》理友《りとも》は、おそるおそる言った。

「……えーっと、賢《けん》ちゃんもリュージュも、ちょっと落ちついたら?」

「理友は黙っててくれ」

「そうだ、おまえは引っ込んでろ」

「ご、ごめん」

口を挟んだ途端、左右から息の合ったタイミングで言い返されてしまい、ただでさえ小柄な理友がいっそう小さくなっても、彼らはさらに追い打ちをかける。

「つーか、理友がもったいぶらずにさっさと宿題を見せてくれれば、リュージュにバレる前に写し終わったのになー」

「バカを言うな。だいたい理友、おまえも悪い。宿題を忘れたのは賢の自業自得なんだから、見せろと頼まれても無視しろと言ったはずだ」

リュージュこと須貝龍樹《すがいりゅうじゅ》は、整った顔をしかめながら理友にも文句を言い始めた。

メガネの奥に見える色の淡い瞳も、いつにも増して冷ややかだ。日仏ハーフの怜悧《れいり》な美形に睨《にら》まれると、さすがに凄《すご》みがあって言い返すこともできない。

一方、諏訪内賢一《すわないけんいち》は短く刈り込んだ黒髪も浅黒く日焼けした肌も精悍《せいかん》で、いかにも昔ながらの日本男子だ。外見だけでなく、性格まで正反対といってもいい彼らが絶妙に息が合うのは、幼なじみの従兄弟《いとこ》同士のせいだろうか。

「つーか、やってらんねーよ、フランス語なんか！　学年末のテストが終わったばっかで」

「だったら、最初からそう言えばいいんだ。オレが教えてやるのに」

「でも、リュージュはフランス語がうまいから、宿題だって別扱いだろ？　それじゃ、オレが丸写しできないじゃん」

「どうして丸写しをしようとするんだ。自分の宿題だろう」

「だから言っただろうが！　やってらんねーって！」

理友が呆《あき》れる横で、二人は飽《あ》きもせずに言い争いを再開している。

（……ま、ケンカするほど仲がいいってことか）

そう独りごちた理友は、肩をすくめると周囲を見渡す。

「さすがに見晴らしがいいな、今まで屋上に出られるなんて知らなかったけど……」

三月に入って、春が近づいたことを伝えるような日射しを心地よく感じながら、にぎやかに言い争う二人から離れ、理友は屋上のフェンスに近寄った。そして、周囲を眺《なが》めながら両手を伸ばして大きく伸びをする。

やっと学年末のテストが終わって、ホッと一息という週末だ。

来週は試験休みになるし、三学期の登校日も残り少ない。最後に残っていたテスト代わりのフランス語の宿題を提出してしまえば、勉強ばかりの毎日から解放されると思うと、気持ちも自然と浮き立ってくる。

そんな気分を映したように雲ひとつなく晴れ渡った青空の下、高台にある校舎の屋上からは、はるか遠くに横浜《よこはま》ベイブリッジも見えた。

理友の通う至恩《しおん》学院高等部は、横浜郊外にある名門私立校だ。

幼稚舎から大学までの一貫教育や資産家の子弟が多く通うことでも知られ、中等部や高等部から入学するのは、かなりの難関でもある。亡き母の勧めもあり、この至恩学院に高等部から入った理友は入学直後、つまらない理由でいじめに遭《あ》い、うまく友人を作れなかったが、もうそれも過去の話だ。

しかも、そんなトラブルの後で親しくなれたのが、須貝龍樹と諏訪内賢一の二人だった。同い年の従兄弟であり、幼なじみでもある彼らはとても仲がいい。

そこにオマケのように混ぜてもらっている理友は、自分にはわからない強い絆《きずな》が彼らの間にあることは承知している。ときどき、疎外感《そがいかん》を感じないでもなかったが、彼らがわざと自分を仲間外れにするはずがないとわかっているので平気だ。それに互いをよく知っているだけに、龍樹と賢一はぶつかることも多く、そんな時には理友の存在が二人の間の緩衝材《かんしょうざい》になることも少なくなかった。

今だって、ちょっと堅物で生真面目な龍樹は宿題の丸写しなど絶対に許さないから、賢一は理友を頼ってくるのだ。もちろん、宿題は自分でやらなくては身につかないし、本人のためを思うなら丸写しをさせない龍樹のほうが正しい。

それでも勉強が二の次になるほど剣道に打ち込む賢一を知っているだけに、理友はバレたら龍樹に怒られることがわかっていても、こっそり見せてしまうのだ。

（……だいたい、学年末のテスト明けに提出するような宿題を出すフランス語の先生のほうが意地悪だもん）

そう心の中で毒づいて、理友は舌を出す。

その時——ギイギイ、と耳障りな音が背後から聞こえてきた。

鍵が壊れている屋上のドアが押し開けられた音だった。

驚いた理友が振り返ってみると、ドアの向こうからあらわれたのは高等部の制服ではなく、意外なことにスーツ姿の若い男性だった。

ドアを慎重に閉じて、屋上に出てきた彼はゆっくりと周囲を見回し、フェンスの近くにいる理友に気づいた。人がいるはずがないと思い込んでいたらしく、本気で驚いていることが彼の表情から伝わってくる。

「……ええっと、お邪魔《じゃま》だったかな?」

「いえ、全然」

申し訳なさそうに微笑《ほほえ》みかけられ、理友は律儀《りちぎ》に首を振った。

彼が小首を傾《かし》げると、緩《ゆる》く分けた前髪がサラサラと流れるように風に揺れる。

やわらかそうな黒髪に縁取られた端整な顔は、男にしては少々線が細いような気もするが、それでも滅多に見られない美形だった。

(……うっわー!　そうそういるもんじゃないと思ってたけど、リュージュみたいな美形っているところにはいるんだなー)

素直に感心しながら、理友はあらためて彼を眺めた。

ほっそりした身体にペールグレーのビジネススーツを着込んだ彼は、手にトレンチコートとブリーフケースを抱《かか》えている。整った容姿に比べると、なんとなく平凡すぎる服装は、あえて地味に、目立たないように心がけているような雰囲気があった。

そんなことを理友が考えていると、近づいてきた彼が親しげな笑みを浮かべた。

「ちょっと訊《き》いてもいいかな？　もしかすると、今も高等部でフランス語を教えている先生はムッシュ・ユベール？」

「あ、はい。そうです。ユベール先生です」

理友は頷《うなず》きながら答えた。どうやら賢一から頼まれ、屋上に持ってきたフランス語の宿題が目に入ったらしく、彼はなつかしそうに目を細めながら呟《つぶや》いた。

「あの先生、いまだに学年末テストの時期に、平気で宿題を出してるんだ……僕たちの頃から、いい迷惑だったたんだよ。フランス語は受験科目じゃないから真面目に勉強しないって、わざと嫌がらせで宿題を出すから」

そんな思い出話を聞き、理友は行儀よく問い返した。

「……ここの卒業生の方なんですね？」

「ああ。きみは何年生？」

「高等部の一年です」

「今の高等部って、八木沼《やぎぬま》先生が校長になられたんだよね？」

ここの卒業生とわかって親近感を抱《いだ》いた理友は、知っている八木沼校長の名前まで出ると、すっかり警戒心を解いた。だが、彼が在学中にいた教師の名を次々と出されても、高等部から入った理友にはわからない名前も多い。

「すみません、オレ、高等部からの外部入学なんで、知らない先生も多いんです」

「外部なんだ？　ずいぶん優秀なんだね」

「そんなこともないです」

礼儀正しく謙遜《けんそん》する理友に微笑みながら、彼は視線を周囲に向けた。

「それにしても外部入学のわりには、こんな穴場っていうか……隠れ場所をよく知ってるね。僕の在学中から屋上に出るドアの鍵は壊れていたんだけど、八年経っても直ってないことにも驚いちゃったよ」

この学校はいつまでたっても呑気《のんき》だな、と苦笑する横顔を見て、ふと理友は不思議な既視感を覚えた。彼に会ったことがあるような気がしたのだ。わりと人の顔はよく覚えるほうだから、そう感じると黙っていられず、理友は訊《たず》ねた。

「あ、あのー……もしかしたら、どこかでお目にかかったことがあると思うんですが？」

「いや？　ないと思うけど？」

「すみません。でも、なんだか会ったことがあるような気がして……」

「本当に初対面だと思うよ。それに僕は三年ほど日本を離れていたから、校内で会ったこともないはずだしね」

本当にまったく記憶にないというように、彼は肩をすくめる。

その時、奥で言い争っていた二人が、それぞれ理友に声をかけてきた。

「とにかく、さっさと宿題を見せてくれよ、理友！」

「いや、理友、絶対に見せるな」

そう口々に言いながら振り返った龍樹と賢一は、ようやく理友と話している見知らぬ青年に気づいたらしい。賢一はびっくりして目を丸くするだけだったが、龍樹はあわてて礼儀正しく謝罪する。

「すみません。失礼しました。友人しかいないと思っていたので」

「いや、僕のことは気にしないで、どうぞ続けて」

恐縮する龍樹に、にこやかに微笑む彼は、この成り行きをおもしろがっている表情だ。

真面目に謝っている相手にちょっと意地悪じゃないかと思っていると、ふと気づいたように龍樹が口を開いた。

「あの、失礼ですが……以前、お会いしたことがありませんか？」

理友に続いて龍樹にも言われ、彼は怪訝《けげん》な顔になる。

「ないと思うな。きみも初対面だと思うよ。実はたった今、この子からもまったく同じことを言われたんだけどね」

理友を示しつつ、そう苦笑しながら答えた彼は少々困惑気味だ。

顔を見合わせた理友と龍樹も考え込む。

「リュージュも会ったことがあるような気がしたんだ？」

「ああ。知ってる顔だと思ったんだが……」

「オレも人の顔、覚えるのは得意だから、絶対に見たことがあるって思ったんだけど」

そんなことを理友と龍樹が口を揃《そろ》えて言い合っていると、賢一はスーツの青年を不躾《ぶしつけ》なほど眺め回してから、うーんと首を傾げる。

「……オレは知らないな。オレは知らなくて、理友とリュージュが知ってる共通点っていうと寮関係だよな」

確かに、賢一は自宅からの通学生だが、生い立ちに事情がある理友と両親がフランスにいる龍樹は寮生だった。けれど自分と龍樹だけが知っている相手の共通項なんて何も思いつかず、理友が首をひねった時、そういえば、と別のことを思い出す。

「そうだ、賢ちゃん。この人にさっき、外部入学のわりにはこんな穴場をよく知ってるねって言われたんだけど、オレもずっと屋上に出られるなんて知らなかったよ」

すると賢一は、しまったという表情を浮かべながら口の前に人差し指を立て、理友の耳元に声をひそめて囁《ささや》いた。

「理友。この屋上のことは誰にも言うなよ。秘密だから」

「ふうん？　でも賢ちゃん。立ち入り禁止の屋上に、ドアの鍵が壊れてるから入れるなんて、よく知ってたね。やっぱ、リュージュに教えてもらったの？」

「違う。榛名《はるな》さんだよ」

賢一がそっけなく答えると、驚いた理友は大声で叫んだ。

「えーっ！　い、いつ？　っていうか、どうして榛名さんが賢ちゃんに……あっ！　そうだ、あれだ、あれ！　前に榛名さんに、いい場所を教えてくれてありがとうって伝言されたのは、この屋上のことだったんだ？」

「いいから秘密なんだよ、そーゆーのも含めて！　忘れるなよ！　今日はリュージュに内緒で宿題を見せてもらおうと思ったから、理友を連れてきただけで例外なんだよ！」

「なんだよ、それ！　気に入らないなー」

不満そうに言い返して蹴《け》りつけようとした理友の足を、すばやく避けた賢一は舌を出す。

にぎやかにじゃれる二人に呆れ、龍樹は肩をすくめている。

だが、そんな光景をおもしろがるように眺めていたスーツの青年は、理友の話を聞くうちに怪訝な顔になっていた。

「……まさか、榛名って、榛名……峻《しゅん》？」

「あ、はい。そうです」

賢一とふざけていた理友はハキハキと答えながら振り返って——その時、ようやく彼の顔が記憶にある理由を思い出した。

「そっか、わかった！　どうして見覚えがあったのか……卒業アルバムの写真で見たんだよ、いつも榛名さんと一緒に写ってた人だ！」

そう叫んだ理友の声で、龍樹も思い出したらしい。

「……そうか。オレもそれで」

「そうだよ、一緒に図書館の書庫で見たんだもん。リュージュと賢ちゃんと」

えー、そうだっけ、と一緒に見ていたはずなのにまったく思い出せない賢一が首を傾げると、理友は明るく突っ込んだ。

「賢ちゃんってさ、リュージュの顔に見慣れてるせいか、どんな美形を見てもちっとも記憶に残らないんだよ。でも、ホントに見たよ。榛名さんも言ってたじゃん。創立以来ベスト5って言われる優等生の幼なじみがいるって」

そんな言葉に、意味ありげに微笑んだ青年が口を挟んでくる。

「今はベスト5なんだ？　僕の頃はベスト4だったよ」

「そう言ってました、榛名さんも。でも、ここにいるリュージュが五人目で」

へえ、と目を瞬かせた彼は、理友が腕を取った龍樹に視線を向ける。

話を振られた龍樹はどことなく複雑な表情を浮かべながらも、あらためて彼と向かい合って礼儀正しく手を差し出した。

「はじめまして。須貝龍樹です……羽田《はた》、羽田雅紀《まさき》先輩ですよね？」

「そうだけど……そんなに有名人だったかな、僕って」

「いえ、榛名さんからお噂《うわさ》を伺った時、個人的に興味があったので調べました」

そう答えた龍樹と握手を交わしながら、羽田と呼ばれた彼は曖昧《あいまい》な笑みを浮かべる。

それを見て、理友は首をひねった。なんとなく二人が妙な感じだと思ったが、初対面だし、何も含みがあるはずがないし、と思い直すと横から元気よく名乗った。

「あ、オレは今井理友です。こっちは諏訪内賢一」

「こっちかよ」

「いて」

理友の頭を小突《こづ》く賢一を微笑ましく見ていた羽田は、さりげなく訊ねる。

「みんな、峻の知り合いなんだ？」

「はい。今日もこれから会いますよ。もう校門まで来てるかもしれないです」

理友はニコニコと笑いながら頷いた。けれど、そんな自分をどことなく心配そうに見つめる龍樹の視線にはまったく気づいていなかった。

「……あ、榛名さん！　お待たせー！」

そう言いながら手を振り、理友は校門から駆け出した。いつものように至恩学院の校門からちょっと離れた目立たないところに、漆黒《しっこく》のマセラティが停まっていた。

運転席から降りてきたのは、すらりとした長身だ。

榛名は仕事先からまっすぐ来たのか、仕立てのいいスーツを身につけているが、ネクタイを締めず、ごく普通の会社員という印象は欠片《かけら》もなかった。しかも肩までかかる長い栗色の髪に縁取られた顔はやたらと目鼻立ちが整っていて、それこそ、モデルとか俳優のように華やかな雰囲気がある。

「こっちこそ遅くなって悪かったな、理友」

そう言いながら微笑みかけられ、駆け寄った理友は嬉しそうに答えた。

「ううん、だいじょうぶ。今日は宿題やってなかった賢ちゃんにつかまってたし」

「テストは？　無事に終わったのか？」

「うん、終わった！　あ、それより、さっき送ったオレのメール、見てくれた？　榛名さんがびっくりすることがあるんだよ！」

「見たけどさ、びっくりってなんだよ？」

「びっくりって言ったら、びっくりだってば！　羽田さん、こっち、こっち！」

そう呼びながら振り返ると、理友は校門で立ち止まっていた羽田を手招きする。

龍樹や賢一と別れ、屋上から一緒に下りてくる時、羽田はしばらく日本を離れていたので、榛名にもずいぶん会っていないと話していた。それだったら、これから自分を迎えに来るから会っていけばいいのに、と誘ったのだ。

ゆっくりと近づいてきた羽田は、ごく自然に言った。

「久しぶり、峻。元気そうだね」

「……サキ？」

呟くような声を聞いて、理友が訝《いぶか》しげに見上げると榛名の顔は強張《こわば》っていた。

「どうして、おまえが、ここに……こんなところにいるんだ？」

「帰国したんだよ、つい最近。それで留学する際にお世話になった先生……英語の神崎《かんざき》先生や八木沼先生にご挨拶《あいさつ》しに来たんだ」

「だからって、なんで……」

どことなく歯切れの悪い榛名に、理友は首を傾げる。

「あれ？　幼なじみだったんだよね、榛名さんと羽田さんって……」

そうだよ、と横から答えたのは羽田だった。

「久しぶりだから、峻も照れてるんじゃない？　ともかく元気な顔は見たし、僕は失礼するよ。先生方への挨拶を後回しにしちゃったから早く戻らないと」

「……あ、すみません！　オレが強引に誘ったから」

「いや、僕も久しぶりに峻に会えてよかったよ。ありがとう……ええっと、理友くん」

それじゃ、と羽田は片手を上げて校内に戻っていく。

だが、それに手を振り返していた理友は、ふと気づいた。

羽田の背中を見送りつつ、マセラティの横で凍りついたように立ち尽くす榛名は、いまだに表情が強張っていた。

「榛名さん？」

「あ、ああ……なんだ、理友？」

上の空で問い返す榛名に、あらためて理友は訊ねた。

「なんだっていうか、羽田さんと久しぶりだったんだよね？　オレ、榛名さんの幼なじみって聞いてたんで、久しぶりに再会したら、びっくりするっていうか……すっごく喜んでくれると思ってたんだけど」

「……あ、ああ、びっくりした。ちょっと、びっくりしすぎただけだ」

「びっくりしすぎ？」

理友が訝しむように突っ込むと、それに苦笑を返した榛名は、ようやく表情を和《なご》ませた。

だが、理友の頭を撫《な》でながら意を決したように言う。

「……理友、ちょっと待っててくれ。すぐに戻ってくるから先に車に乗ってろ」

うん、いいよ、と理友が頷いた途端、榛名は駆け出していく。

すらりとした長身は、あっという間に校門の向こうに消えてしまった。

羽田に話したかったことでも思い出したのかな、とのんびりと考えながら助手席に回ったが、理友が開けようとすると、マセラティのドアはロックされていた。

どうやら、榛名がうっかりしたらしい。さっきは様子がおかしかったもんな、と思いながら理友は考え込む。

以前から、榛名には優等生の幼なじみがいると聞いていた。

幼なじみといったら、理友が真っ先に思い出すのは龍樹と賢一の二人だ。

なんでも遠慮なく言い合って、時にはケンカもするが、すごく仲がいいというか、誰よりも互いを理解し合っている。

そんな友だちがいるなんていいな、とうらやましく思っていたし、そんな友だちと久しぶりに再会したら、きっと嬉《うれ》しいに違いないと思ったのだが、榛名の示した反応は理友の予想とはちょっと違っていた。

もしかしたら余計なことをしちゃったのかも、と次第に不安になった理友はいてもたってもいられなくなり、マセラティから離れて校門に戻った。

キョロキョロと榛名や羽田の姿を探しつつ、高等部の校舎に戻る道を駆け上がっていくと、植え込みの向こうから聞き慣れた声が聞こえてきた。

「……ってゆーか、サキ！　どうして、ここにいるんだよ？　理友に何を言った？　だいたい、どうして理友と一緒にいたんだよ？」

「そんなにまくしたてるなよ。あいかわらず大げさなんだから、峻は……」

「うるせえ！　いいから、オレの質問に答えろ！」

「だから、さっきも言ったと思うけど、オレが今日、ここにいるのは先生方に帰国の挨拶しに来たからだよ。それは嘘じゃない。留学をする時に世話になった先生たちに、あらためて礼を言いに来たんだよ」

「で？」

問い詰めるような榛名の声に、どこか笑いを含んだ声が応える。

「……でって？」

「だから、なんで理友と一緒にいたんだ？」

「それは彼に質問すれば？」

「サキ！」

「ああ、もう面倒だな……本当に偶然なんだよ。ちょっとなつかしくて屋上に立ち寄ったら、理友くんだっけ？　彼とその友だちが、たまたま屋上にいたんだよ……それだけだし、オレは何も余計なことは言ってない」

うんざりしたような声で説明しながら、さらに羽田は続ける。

「そういえば、理友くんの友だちにハーフのきれいな子がいたよ。最初はてっきり、あの子が峻の新しい恋人だと思ったんだけど……違うんだよね？　でも、意外っていうか、驚いたよ。あんな子供っぽい普通の子とつき合ってるなんて」

「うるせえ、サキには関係ない」

「そう？　関係ないこともないんじゃない？」

「……サキ？」

尖《とが》っていた榛名の声が訝しげに問い返す。

思わず、理友は植え込みの手前で立ち止まってしまった。

盗み聞きなんてよくないと考えながら、話の先が気になってしまう。

しかも立ち去るべきだとわかっているのに、理友が一歩も動けないままで戸惑っている間に、羽田は呟くように言った。

「ねえ、峻？　なんで、オレが帰国したんだと思う？　日本に帰国して、オレが真っ先に何をしたかったと思う？　たとえば、まず峻に謝りたいって……もう一度、最初からやり直したい、やり直すことができたらって、オレが一度も考えなかったと思う？」

そんな言葉を聞いて、理友は息を呑《の》んだ。

謝りたいって？

最初からやり直すって？

それって、つまり、どういうこと？

そんな疑問が次々と湧《わ》き上《あ》がって、ぐるぐると回ってしまう理友の脳裏に、榛名から以前、教えてもらった話が甦《よみがえ》る――前の恋人と別れてから、榛名は周囲から心配されてしまうくらい、ひどく落ち込んでいたという話を。

（……ちょ、ちょっと待ってよ。だったら榛名さんがすごくヘコんじゃうよーな別れ方をした前の恋人って、まさか）

そう思った瞬間、理友は無意識に後退《あとずさ》った。

だが、足元を見ていなかったせいで、植え込みの段差に踵《かかと》が引っかかってしまい、勢いよく転びそうになって、あわてて振り回した両手で植木の葉を撒《ま》き散らし、ガサガサと派手な音を立ててしまった。

当然のことだったが、その音で羽田と榛名が振り返る。

植え込みの手前にいる理友を目にした途端、羽田は意味ありげな苦笑を浮かべたが、榛名は凍りついていた。

わざとではないにせよ、立ち聞きしたことがばれてしまって気まずい理友よりも、はるかに困惑した表情を浮かべていた。

2

「……あー、サイテーっ！」

そう毒づきながら、理友は答案用紙をまとめてバッグに突っ込んだ。

テスト休み明けの登校日には授業がない。

卒業式の予行演習とホームルームがあるだけで、採点の終わった学年末テストの答案用紙が次々と返却されるだけだ。

学年末テストの結果は悪くなかった。むしろ、よかったと言ってもいい。

ただ、つまらないケアレスミスをしてしまった科目があり、この間違いがなかったら学年で十位以内に入れたのに残念だったな、と答案を返してくれた副担任に教えられ、思ったよりもいい点を取れて嬉しかったことも吹っ飛んでしまった。しかも、その悔しさを発散したくても、誰もが帰り支度をしている騒がしい教室に龍樹や賢一の姿が見当たらない。

ホームルームが終わった時、クラス委員の龍樹が副担任から呼び出されていたので、たぶん、賢一も一緒についていってしまったのだろう。

「もー、あの二人って、ホントに仲良しなんだから！」

そうぼやいて、理友は溜息《ためいき》を漏《も》らした。

むやみやたらに当たり散らしている自分が虚しくなったのだ。

先週から、ずっと虫の居所が悪い。それでも、くよくよと思い悩むのは性に合わない理友は、一人で拗《す》ねまくっているにも限界があった。

(榛名さんってば、信じらんないよっ！　電話やメールぐらいくれたらいいのに！　いつもはマメなくせに、こんな時に限って、ちっとも連絡がないんだからっ！)

ふてくされた理友は、心の中で思いっきり榛名を罵《ののし》った。

なにしろ、理友の不機嫌は何から何まで榛名が原因だった。

先週、ようやく学年末テストが終わって、週末は榛名とゆっくり会えると思っていたのに、それが台無しになってしまったのだから。

本当に最低だった、あの日——理友は偶然、榛名と羽田の話を立ち聞きしてしまった。

けれど気まずくなっている理友と榛名を残し、羽田はさっさと世話になったという先生方に挨拶に行ってしまった。

あいかわらず逃げ足が速いヤツだな、と羽田の背中を見送りながら忌々《いまいま》しそうに舌打ちした榛名は、よりを戻そうとかやり直したいと言われたことについて、理友が立ち聞きしたことはわかっているはずなのに、まったく説明してくれなかった。

もちろん、あれこれ取り繕《つくろ》うような言い訳を聞かされるのは真っ平だったが、まったく何も説明してくれないとは思ってもみなかった理友は、たまらなく不安になった。

それでも榛名に促《うなが》されて気まずいままでマセラティに戻ると、当初の予定通り、横浜に出て食事をしようと言われ、きっと場所を変えて二人だけになってから話してくれるに違いないと思い直した。

だが、そんなタイミングで榛名の会社から電話がかかってきたのだ。

二人で過ごす週末に、緊急の連絡が入ったのは初めてだった。

しかも、こんな時に限って、やたらと込み入ったトラブルだったのか、呼び出された榛名は至急、横浜郊外にある整備工場に直行することになり、理友は今夜、泊めてもらう予定だった榛名のマンションで待っていることになった。

けれど、急いで戻ると約束した榛名は、結局、翌日の昼まで戻ってこなかったのだ。

当然、待ちくたびれた理友はカンカンに怒っていた。

待っている間、電話やメールでごまかされまくったことも腹立たしかった。

デリバリーで好きなものを頼んでいいし、部屋の中にあるものは好きに使ってかまわないと言われたって、寮では食べられないような料理を注文するのも大画面のＴＶで映画を観るのも、榛名と一緒でなければちっとも楽しくない。

その上、やっと帰ってきた榛名は理友に謝り倒し、ちょっと休ませてくれ、とソファの上に横になった途端、気絶するように眠ってしまったのだ。あとから教えてもらったが、前日から一睡もせずにトラブル処理に当たっていたらしい。

さすがに、そんな姿を目《ま》の当たりにして怒っていられるほど、理友は幼くなかった。

待たせたお詫《わ》びにうまいものでも食いに行こう、それから寮まで送っていくから、と榛名は繰り返し言っていたが、しばらく待っても起きる気配がなく、そっと毛布をかけてやってからメッセージを残し、理友は一人で電車に乗って寮に戻った。

本当は目が覚めるまで待っていたかったが、自分が一緒にいると、榛名はいつまでたってもゆっくり休めないと思ったのだ。

もちろん、夜遅くになって、ようやく起きたらしい榛名から平謝りの電話がかかってきたが、気にしないでいいよ、オレは怒ってるわけじゃないし、と精一杯明るい声で答えた。いまだに呼び出された原因のトラブルは片づいていないと聞いて、子供っぽいわがままで年上の恋人を困らせたくないと思ったら、そう言うしかなかったのだ。

だが、その後、榛名からまったく連絡がない。

おそらく、いまだにトラブルが片づかないんだろうと頭ではわかる。

榛名は二十代半ばという若さで社長の肩書きを持ち、外車ディーラーの会社を経営している立派な社会人であり、こんな時は恋人よりも仕事のほうが優先されてしまうのは当たり前だと考えなくたってわかる。

わかっているつもりなのだ。理友だって。

けれど、ちゃんと頭では理解していようと、感情は別物だった。

榛名が忙しいことはわかっている。自分が二の次になるのもしょうがない。でも、いろんな理屈をつけて、気持ちをなだめようとしても、やっぱり難しかった。どうしても榛名の口から、榛名自身の言葉で説明してほしいのだ。

羽田のことを——羽田と話していたことを。

よりを戻そうとか、やり直したいとか、昔の恋人から言われたことについて。

(あーあ、もうヘコんでるのもうんざりだよ……羽田さんが悪いとは思わないけど、すべての発端はあの人だったよなー)

そうぼやきながら立ち上がった理友は、騒がしい教室を出ると溜息を漏らした。

このまま、まっすぐ寮に帰るのは気が進まなかった。

同年代の男子ばかりが暮らす学校の寮は、よく言えばいつでもにぎやかだ。しかし、同時にどんな時でも騒々しくて落ちつかないし、一人で部屋にこもって落ち込んでいると、いっそう気が滅入《めい》ってしまう。

すっかり足が重くなってしまった理友は、のろのろと校舎の階段を下りながら時間つぶしに図書館でも寄っていこうかと考える。

だが、その時、不意に背中に強い視線を感じた。

振り返ってみると、下校する生徒やクラブ活動に向かう生徒が足早に行き交う昇降口から、数人の上級生が近づいてくる。学年によって違う上履きが二年生の色だと思った時、目の前に立ちふさがった一人が吐き捨てるように言う。

「目障りなんだよ。さっさと消えろ、薄汚い泥棒のガキが」

「オレは泥棒じゃない」

理友は間髪入れずに言い返した。

そして、憎々しげに自分を睨みつける二年生——宇喜多《うきた》一久《かずひさ》を睨み返す。

一久はいかにもプライドが高そうな私立の名門校に通う資産家の子弟といったルックスで、どことなく冷ややかで他人を寄せつけない雰囲気がある。顔を合わせるたびに、どうやっても仲良くなれそうにないと思うぐらいに。

けれど、そんな彼は理友の遺伝学上の父親である宇喜多知久《ともひさ》の長男であり、いまだに少しも実感が湧かないが、自分の異母兄に当たるらしい。だが、そうとわかっても互いに親しみなどまったく感じなかった。どちらも母親似らしく、似ているところなど何もないし、その印象は最初に会った時から最悪だった。

なにしろ、彼は言い争う両親の話を聞き、自分の通う至恩学院に異母弟が入学すると知ると、自分の手を汚さずにテニス部の後輩に命令して悪質ないじめを繰り返し、この学校から理友を追い出そうとしたのだ。

その上、それが失敗してからも校内で理友を見かけるたびに、こんなふうに絡《から》んでくる。

今日もあいかわらず、周囲に取り巻きを引き連れた一久は、理友を睨みつけながら居丈高《いたけだか》に怒鳴りつけた。

「居直ってんじゃねーよ、おまえの母親は泥棒だ。だから、おまえも泥棒だよ！」

「違う。オレは何も盗んでない」

一久の言葉に、理友は生真面目に言い返す。

すると、さらに一久は声を荒らげた。

「嘘つけ！　盗んだだろうが！　おまえのことがわかってから親父はろくに帰ってこないし、母親とはケンカばかりしてるんだ。だいたい、デカい態度でオレに言い返してくるんじゃねぇ、薄汚い愛人の子のくせに！」

「違う」

「……なんだとォ？」

一久の目を怯《ひる》むことなく見返しながら、理友はきっぱりと言い返す。

「違うから違うって言ってるんだ。オレの母親は、アンタの親父の愛人じゃない」

「違わねーだろ！　おまえの親父はオレの親父だろッ！」

「オレには父親なんていない。家族は母と祖母だけだったし、今は祖母しかいない。だから、いつまでもくだらない言いがかりをつけるな！」

「い、言いがかりだと……？」

　何を言われても一歩も引こうとしない理友に、いきり立った一久がつかみかかろうとした時、よく通る声が昇降口の奥から聞こえてきた。

「ねえ、きみたち。ずいぶん目立ちたがり屋だね、こんな場所でケンカなんて」

　なんとなく聞き覚えがあるような気がして、理友が声の聞こえた方向を振り返ってみると、いつの間にか集まっていた野次馬の中に羽田がいた。

　その美貌もさることながら、制服ばかりの中に立っているせいか、スーツの羽田はひときわ目立っていた。けれど周囲の注目を集めても平然としたまま、羽田は冷ややかな表情で一久を一瞥《いちべつ》する。その視線は線の細い優男《やさおとこ》とは思えないほど鋭かった。

　それでも、一久は虚勢を張る。

「うるせえなっ！　アンタ、誰だよ！」

「ただの卒業生だけど？」

　そう答えた羽田はからかうような口調で続けた。

「だけど、もう卒業してから八年も経つし、校則も変わったのかな？　僕の在校中、校内でのケンカは謹慎処分だったけど」

　それにしても、こんなちっちゃい一年生に上級生が数人がかりなんて情けないと思わないの、と羽田は嘲《あざけ》るような苦笑を浮かべる。

意外な横槍《よこやり》に分《ぶ》が悪いと思ったのか、一久はこれ見よがしに大きく舌打ちをすると、理友を憎々しげに睨みつけてから足早に歩き去った。彼の取り巻きたちも顔を見合わせて、あわててその後を追いかけていく。

彼らがいなくなると、集まった野次馬も興味を失ったように離れていった。

だが、理友は腹立たしい気持ちが収まらなかった。

まるで感情の整理ができず、口を開いた途端、相手かまわずに当たり散らしてしまいそうで、助けに入ってくれた羽田に礼を言うことさえできない。

すると、そんな状態はお見通しだったのか、羽田は昇降口の奥にある教官棟に目を向けて、さりげなく言った。

「僕はこれから教官棟に行くんだけど、きみも一緒に来ない？」

「……えっ？　い、いえ、オレは」

唐突な誘いに、理友は首を振りながら後退った。

それでも羽田は聞く耳を持たず、困惑する理友の腕をつかんだ。

「実はね。僕が在校中、すごくお世話になった先生が、この春、退職なさるんだけど、長年、使っていた教官室を片付けてる最中で、今日は手伝いに呼ばれてるんだ。だから、よかったら、きみも手伝って」

「……そ、そんな」

「いいから、一緒においで。人手なんて、あればあるだけ助かるし、手伝ってくれたら先生もお茶ぐらい出してくれると思うから」

そう言いながら羽田は強引に理友の腕を引き、教官棟に引きずっていく。

彼が何を考えているのか、どういうつもりなのか、理友にはさっぱりわからなかった。

「……神崎先生？　神崎先生、いらっしゃいませんか？」

何度もノックを繰り返した羽田が業を煮やしたようにドアを開けてみると、教官室の中には誰もいなかった。

「あれ、いないんだ？　ひどいな、手伝えって呼んだくせに」

そう呟きながら、羽田は勝手に教官室に入っていく。

彼の後から室内に入り、理友は溜息を漏らした。

この春、退職するという神崎先生の教官室は、校舎の向かいに建つ教官棟の最上階、薄暗い廊下の一番奥にあって、ここまで来るのも大変だったのだ。

しかも羽田になだめすかされながら階段を上って、ようやくたどりついた部屋の中は大変な有様になっていた。

壁という壁を覆《おお》い尽くすように本棚が並び、そこから取り出された本が床いっぱいに広がるダンボール箱にぎっしりと詰め込まれ、さらに入りきらなかった本がそこかしこに山のように積まれて運び出されるのを今や遅しと待っている。

だが、羽田はほこりっぽい教官室の奥まで入っていくと、本が積み上げられた机の向こうで、のんびりと振り向いた。

「まあ、そのうち戻ってくると思うし、ちょっと待っていようか?」

「だったら、オレは帰ります」

理友が仏頂面《ぶっちょうづら》で言うと、羽田は困ったように肩をすくめる。

「冷たいな。ここまで来たんだから手伝ってよ」

これを一人で片付けられるなんて思わないよね、といったように高々と積み上げられた箱や本の山に目を向けられても、理友は強張った表情を崩さなかった。ドアの前に張りついたまま、ぼそりと訊ねる。

「……どういうつもりですか?」

「どういうつもりって?」

「だから、こんなところまでオレを連れてきて、どういうつもりなんですか?」

堪《こら》え性《しょう》のない理友はストレートに訊ねた。

いつだって直球勝負、思わせぶりな駆け引きは大の苦手なのだ。

それに最初に会った時、榛名との会話を立ち聞きしてしまったこともバレているんだから、羽田もわかっているはずだ。すでに、理友が知っていることを——彼が榛名のかつての恋人で、謝りたいと言って復縁を迫っていたことを。

それなのに何もなかったように親しげに話しかけられ、理友は困惑するばかりだった。羽田に対して、どんな態度を取ればいいのか、ちっともわからない。だいたい榛名の以前の恋人に会うことになるなど考えたこともなかったのだ。

すると頑《かたく》なな態度を崩さない理友に、羽田が苦笑を浮かべながら溜息をつく。

「困ったなあ。そう言われても、別にどんなつもりもないんだけど……あ、でも、とりあえず、バカに生真面目に言い返しても無駄だと思うよ」

「……バカ？　誰のことですか？」

突然、意味のわからないことを言われ、理友はキョトンとする。

本気で首を傾げていると、羽田が呆れ返ったように答えた。

「白《しら》を切ってるんじゃなくて、ホントにわからないの？　きみとケンカになりそうになってた上級生のことだよ。彼との間に複雑な事情がありそうに見えたんだけど？」

「あ、ああ……あれか」

具体的に指摘され、理友はようやく意味がわかった。だが、異母兄の一久のことは羽田には無関係だ。だから、いちいち返事をする必要も感じられず、理友が黙り込んでいると、羽田はさらに続けた。

「言わせてもらえば、ああいうバカに正論は通じないよ。何を言ったたって無駄だし、いっそういきり立つだけだから……事を荒立てたくなかったら、黙ってやり過ごすとか無視したほうが無難だよ。ヘタに言い返して逆らうと危険だし」

「危険？」

「そうだよ。頭に血が上ったら、何をするかわからないだろう？」

「大げさだと思いますけど」

理友は仏頂面のまま、そっけなく答えた。

そんな心配なんて、どう考えても余計なおせっかいだ。

異母兄の一久は、一事が万事、やり方が姑息《こそく》で卑怯《ひきょう》なのだ。最初から後輩を使って嫌がらせをしてきたり、さっきのように言いがかりをつける時にも取り巻きが一緒だったり、一人では何もできないようなヤツだった。

そんな彼に危険なことができるとも思わないし、無関係な羽田から、あれこれ言われるのは不愉快だった理友は、不機嫌を隠さずに言い返した。

「ともかく関係ありません、あなたには」

「まあね、確かに関係ないよ。でも、きみは舐《な》めてかかってるけど、僕はああいったバカにはちょっと詳《くわ》しいんだ。慣れてると言ってもいい」

やたらと自信満々に言われ、理友が怪訝な顔になると、羽田は肩をすくめた。

「どうして慣れてるかっていうと、僕も婚外子《こんがいし》……つまり、愛人の子なんだ。しかも僕の場合、同学年に本妻の長男がいて、いちいち張り合ってきたから本当に大変だったんだよ」

この学校って実は多いんだよね、そういうの、と心底うんざりした口調でつけ加えた羽田は、苦笑混じりに続ける。

「だから僕の経験から言わせてもらうけど、なかなか壮絶なんだよ？　本妻の子と愛人の子が同じ学校に通ってるっていうのは」

なにしろ本妻や、その息子からも目の敵《かたき》にされるし、怒り狂ってる本妻の手前、父親だって味方になってくれないし、自分の母親まで対抗心を煽《あお》られて、本妻の子だけには負けるなって泣きながら懇願《こんがん》してくるし、と話す羽田の顔には苦い表情が浮かんでいた。

「しかも、そんなふうに言われながらも勉強して、学年トップの優等生になったって、今度は本妻の子に嫌がらせをされるし……さっきみたいに絡んでくるだけだったら、まだマシだよ。僕なんかレイプされそうになったからね」

さらりと告げられた言葉に、理友はギョッとした。

「……レ、レイプ？」

「うん。しかも腹違いの兄貴に。やってられないと思うだろ？」

羽田はあっけらかんと答えるが、理友は平静ではいられなかった。

思わず、まじまじと羽田の顔を凝視《ぎょうし》してしまう。

確かに言われてみれば、羽田のようにどことなく中性的な美貌の持ち主なら、そんな危険もあるかもしれないと納得するうちに、ふと理友は気づいた。

どうやら羽田は、理友が同じ婚外子——正式に結婚した両親の間に生まれた子供じゃないと知ったことで、親近感を持ったのか、同病相憐《あいあわ》れむといった気分になったらしい。おそらく、それで、さっきの一久との言い合いで苛立《いらだ》って、ムシャクシャしていた理友をなだめるために声をかけてくれたような気がする。

だが、そう考えていると、羽田は意味ありげに微笑んだ。

「……あれ？　そのへんの話、峻から聞いてない？　押し倒そうとした腹違いの兄貴の元から逃げ出した僕は、大嫌いなヤツにおかしなことをされるぐらいだったら、最初は好きな相手としたいって……そう泣きついて、峻を口説き落としたんだよ？」

「きっ、聞いてません！」

つい大声で答えてしまった理友を笑いながら、さらに羽田は続ける。

「そうなんだ？　峻は優しいからね。ほら、いつも優秀なお兄さんと比べられて、自分だってうんざりしてたから、それで僕の気持ちもわかってくれて……」

「あ、あの……！」

「ん？」

理友があわてて話を遮《さえぎ》ると、羽田は訝しげに首をひねった。きれいに整った美貌は、いっそ無邪気に見えるほどだ。けれど理友は憮然《ぶぜん》としたまま、強張った声で訊ねる。

「ど、どうして……どうして、オレに……そんな話をするんですか？」

「きみが聞きたいんじゃないかと思って」

「別に聞きたくありません。それに知りたいことがあったら、あなたじゃなくて榛名さんから教えてもらいます」

「そう？　峻に訊けるの、きみが？」

「訊けます！」

からかうように問い返され、理友はきっぱりと答えた。

けれど、羽田は意味ありげな笑みを消さずに、さらに問いかける。

「だったら峻は、この前のことや僕のことをどう説明したの？」

「そ、それは榛名さんが忙しくて、まだ聞いてないけど……だけど時間ができたら、ちゃんと教えてもらうつもりです」

そう答えた理友は、無性に腹立たしくなって挑《いど》むように羽田を睨んでから背を向けた。

羽田とは、もう一分一秒たりとも一緒にいたくなかったのだ。

だが、さっさと教官室から出ようとあわてるあまり、壁際に積み上げられたダンボール箱につまずいて、派手につんのめってしまった。

しかも、転びそうになって手を突いたダンボール箱の山を押し倒し、詰め込まれていた本をバラバラと撒き散らして、ほこりを大量に舞い上げながら、みっともなく尻餅《しりもち》をついた理友は涙目で呻《うめ》いた。

「……いっ、いってー」

「あーあ、案外、抜けてるんだね。気をつけないと本が傷むじゃないか、理友くん」

そう言いながら近づいてきた羽田は、さりげなく手を差し出す。

抜けているとか本が傷むとか口では辛辣《しんらつ》だが、床に座り込む理友に向ける視線は心配そうで、気遣いが感じられる。

けれど、そう感じれば感じるほど、理友は複雑な気分になってしまって、どうしても素直に羽田の手を借りることができず、顔を背《そむ》けて呟いた。

「すみません。ちらかしちゃって……ここはオレは片付けます」

「それはいいけど、ケガは？」

「ありません。だいじょうぶです」

ぼそりと答えた理友は、制服のほこりを払いながら自力で立ち上がった。

そして、自分が勢いよく倒してしまったダンボール箱を積み直し、教官室の奥まで飛ばした本を拾い集めに行く。

（あー、もう最悪だよっ、オレって！）

そう独りごちた理友はいたたまれない気分のまま、床に散らばった本を拾い上げた。こんな態度はよくないと自己嫌悪を感じつつ、どの本も傷んでいないことを確かめて丁寧《ていねい》にほこりを払う。

すると羽田も黙ったまま、理友が散らかした本を拾ってくれた。

彼は悪い人じゃない。それはわかる。けれど、どうしても苦手なのだ。

もともと理友は人なつこいし、わりと物怖《ものお》じせず、誰とでも仲良くなれるほうだ。だから、今までは苦手な人などいないと思っていた。だが、そんな自分でもいじめられることはあるし、絶対に仲良くなれそうにない異母兄の一久のような人もいる。

だから、どうしても好きになれない、苦手な人がいるのも当然かもしれない。

そんなふうに自問自答しながら、どうしてこんなにも羽田のことが苦手なんだろうと理友は考えた。初対面の時――屋上で会った時には、そうでもなかったはずだ。最初は龍樹のような美形だと思ったし、榛名の幼なじみだとわかって、しばらく会っていないと聞いて、だったら会っていけばいいのに、と理友のほうから誘ったくらいだ。

（つまり、オレ……榛名さんの昔の恋人だとわかって、羽田さんが苦手になったのか）

そんな狭量《きょうりょう》な自分に、理友は顔をしかめた。もちろん、榛名とよりを戻したいと話している羽田を見てしまったら好意を持ち続けるのは誰だって難しいはずだ。そう思いながらも自分は誰に向かって言い訳をしているんだろうと考える。

（オレの心が狭いのか……それとも、羽田さんがずるいっていうか、ずる賢いのかな）

だが、そんなふうに考えていることにまたもや、自己嫌悪を感じた理友は溜息をつきながら窓の外に目を向けた。書棚と書棚に挟み込まれた細い窓の向こうには、ちょうど高等部の教室がある校舎の屋上が見えていた。

ここからだと上から屋上が見えるんだと思ったと同時に、理友は人影に気づいた。

よく目を凝《こ》らしてみると、人影はふたつ。

すぐに二人だと気づかなかったのは、その距離があまりにも近すぎたからだ。

いや、近いというより、二人は抱き合っていた。

（……っていうか、キスしてる？）

理友は思わず、こぼれ落ちそうなほど目を見開いた。

パチパチと瞬きを繰り返しながら何度も見直してしまう。

屋上の片隅《かたすみ》に立っている二人は、間違いなく抱き合ってキスをしている。

しかし、校舎の屋上は立ち入り禁止のはずで、鍵が壊れているのを知っているのは、それを榛名から教えてもらった賢一と龍樹しかいないはずだった。

あの二人は身長も高いから、シルエットだけでもすぐわかる。もともと理友は目がいいし、少しくらい距離があっても彼らを見間違えたりしない。

そう、今だって絶対に。

（……け、賢ちゃんとリュージュが？）

どんなに理友が目にした事実を信じられなくても、龍樹と賢一は壁にもたれ、屋上の片隅で抱き合っていた。龍樹の腰を引き寄せる賢一の手が見えるし、龍樹の手もしっかりと賢一の頬《ほお》に添えられているから、どちらかが一方的に迫っていたり、無理矢理抱きしめているようには見えない。

（で、でも、それって……あの二人は恋人ってこと？　リュージュと賢ちゃんが？）

そんな結論に行きついた理友は、びっくりして固まってしまった。

あまりにも驚いたせいで頭の中が真っ白になってしまう。

すると、いつの間にか背後に立っていた羽田が、凍りついてしまった理友を訝しげに見て、その視線の先に目を向けた。

そして、羽田はすぐに理友が何に驚いているのか、わかったらしい。

「ああ、あの二人、やっぱりデキてるんだ」

「……や、やや、やっぱり？」

「うん。そんな感じだと思ったんだよね、この前、会った時も」

羽田は納得したように呟くが、理友は口をパクパクするばかりだった。

すると、そんな理友の様子を見て、羽田は首を傾げる。

「もしかして、きみは知らなかったの？」

呆れ返った口調で言われても、理友は返す言葉もなく頷くしかない。

まったく知らなかったし、全然わからなかった。だいたい、考えたこともなかった。

もちろん、自分だって榛名とつき合っているんだから、男同士でつき合うこともあるのだと頭ではわかっていても、まさか、もっとも親しい友人——賢一と龍樹がつき合っているとは、想像したこともなかったのだ。

それでも、こうやってわかってみれば、二人は確かにとても仲がいい。

従兄弟同士とか幼なじみというだけじゃなく、いつも互いのことを誰よりもわかっている、うらやましい関係だった。

そう思った途端、理友は死ぬほど驚いたにもかかわらず、急に納得してしまった。

すとんと腑《ふ》に落ちたというか、あの二人はいつも一緒にいるのが当たり前に思える。恋人とわかっても自然に思えるくらいに。

(……そういえば、よく考えてみると、あの二人って、オレと榛名さんのことがわかったって、ちっとも驚いていなかったし、むしろ平然としてたような気がする……男同士だのなんだの、なんにも言わなかったし)

それはきっと自分たちもつき合っていたからなんだ、と今さらながらに納得する。

しかも、こんなふうに屋上で抱き合う姿を見かけなかったら、理友はいつまでたっても二人がつき合っているとはわからなかっただろう。

いつも学校で一緒にいる自分がわからないくらい、互いの関係を少しも匂《にお》わせることなく、平然としている二人にもびっくりする。

理友がおそるおそる窓の向こうに目を戻すと、屋上にいる二人は見られていることも知らず、いまだに抱き合っていた。どちらも百八十センチ近い長身のせいか、ぴったりと抱き合っても片方が寄りかかるように見えず、それこそ、互いに支え合っているような——なんというか、すごく対等に見える。

同じように自分が榛名に抱きしめられていると、すっぽりと腕の中に抱え込まれてしまって、ちっとも対等に見えないだろう。理友は同級生の中でも小柄だし、榛名と並ぶと、どう見ても大人と子供だ。十年という年の差はどうにもできない。

そう思うと理友は口唇を尖らせた。

(……なんだか、リュージュと賢ちゃんがうらやましいっていうか、すごく悔しいかも)

それが偽《いつわ》らざる本音だった。

そうなのだ。こんなにも、すとんと納得してしまったのは二人がお似合いだからだ。

幼なじみの従兄弟同士、男同士ということを考えると問題はあるだろうが、二人でいる姿が対等で、ごく自然に見えることがうらやましい。

そして、そんなことを思い悩むうち、ふと理友は気づいた。

(榛名さんは……この学校に通ってた頃から、羽田さんとつき合ってたのかな?)

幼なじみだというし、幼稚舎からずっと一緒だったという話も聞いた。しかも別れてから、ひどく落ち込むような恋人だったなら、長い間、つき合っていたのかもしれない。それこそ、この学校に通っていた頃から。

そう考えながら、理友は隣《となり》に立つ羽田をこっそりと見上げる。

彼と最初に会った時に、なんとなく会ったことがあるような気がしたのは、以前、図書館の書庫で眺めた榛名の卒業アルバムのせいだった。

そのアルバムの中で榛名の写った写真には、ほとんど羽田が隣にいた。

十代の榛名は、今よりも険しい顔つきをしていたが、それでも目鼻立ちの整ったハンサムで人目を引く雰囲気は変わらなかった。そして、そんな榛名の横にいても少しも見劣《みおと》りのしない美形が羽田だったのだ。まさに、龍樹と賢一のように対等に見える二人だった。

（……だったら、やっぱりつき合ってた頃は、リュージュや賢ちゃんたちみたいに、すっごくお似合いだったんだろうなあ）

そう思った途端、理友はなんだか気分が悪くなった。まるで、まずいものでも食べたように胸がムカムカし始めて、めちゃくちゃ嫌な気持ちになる。これってなんだろう、と思った途端、すぐに気づいた——嫉妬《しっと》だ。

思わず、理友はうつむいて顔をしかめる。

気づきたくなかった。こんな、あまりにも不毛でくだらない感情には。

だいたい、羽田に嫉妬するなんておかしい。榛名とは自分が出会う前に別れているんだし、昔のことじゃないかと必死に自分をなだめてみるが、心の奥から噴き出してくるような濁《にご》った感情から目を逸《そ》らすことができない。

とどのつまり、羽田が自分の知らない榛名を知っているだけで悔しいのだ。

どうやったって理友には知りようがない昔の榛名を知っているという事実だけで、なんだか苛立ってしまうのだから。

（……そういや、羽田さんって、榛名さんに向かってオレのことを子供っぽいだの普通だの、さんざん勝手に言ってたんだよな）

つまらないことを思い出してしまった理友は、嫉妬はまだしも、そこは怒ってもいいよなと口唇を尖らせる。確かに自分は榛名よりも年下だし、年齢よりも幼く見られることが多いし、羽田のような美形と比較されたら、ごくごく普通の平凡な容姿であることも間違いない。でも、あんなことを榛名に向かって言うのは卑怯だろう。

そう考えながら無意識に羽田を睨むと、不意に視線が合った。

戸惑う理友に、羽田は窓の向こうに見える二人を示す。

「ねえ、できたら彼らに忠告してやってよ。神崎先生が退職すると、この部屋にも新学期から別の先生が入ってくるから屋上に出ると見られちゃうよって」

「え？」

キョトンとする理友を諭《さと》すように、羽田は答えた。

「だから神崎先生はお年で目も悪いから、こんな明かり取りの細い窓の外なんて見ないけど、新学期からはそうもいかないよ。屋上に出てるだけならまだしも、キスだのなんだの、彼らも見られたくないだろう？」

あの屋上は教官棟の最上階、しかもこの向きからじゃないと見えないから、これまでずっと誰にも気づかれないで済んだんだよ、最上階の一番奥までやってくる生徒も少なかったし、と説明してから、羽田は独り言のように呟く。

「まったく、峻もあんな絶好の隠れ場所をどうやって見つけたのか……最初に気がついた時は呆れるよりも先に感心したよ」

ホントに要領がいいっていうのか、いつでもどこでもマイペースっていうのか、と苦々しい口調で呟きながら、羽田はなつかしそうに微笑んでいた。それはなんだか、とても幸せそうな笑顔だった。つい見とれてしまうぐらいに。

そして、そんな顔を見るうちに、理友は気づいた。気づかずにはいられなかった。

（羽田さんって、ホントに榛名さんのことが好きなんだ……きっと今でも）

理友がじっと見つめていると、羽田が訝しげに首を傾げた。

「なあに？」

「あ、い、いえ……別に」

しどろもどろになりながら答えた理友は、あわてて拾った本を抱えて、部屋の反対側にあるダンボール箱まで戻った。ドアの横に積まれたダンボール箱の中に本を戻しつつ、頭の中ではいろんな気持ちがグルグルと渦巻《うずま》いてしまう。かつての思い出を語るだけで、あんな微笑みを浮かべる人が、どうして榛名と別れてしまったんだろう？　榛名だって、しばらく落ち込んで立ち直れなくなるほど想い合っていたはずなのに。

その時、突然、教官室のドアが開いた。

理友がびっくりして振り返ると、ドアの向こうには、しゃれた鼈甲《べっこう》のメガネをかけた初老の女性が立っていた。

「あら、あなたはだあれ？」

訝しげに問いかけられた理友が口を開く前に、奥にいた羽田がほがらかに答える。

「神崎先生、僕の後輩なんです」

「まあ、羽田くん！　だいぶ待たせちゃった？　急に呼び出されちゃって、こんな状態じゃ、いつまでたってもここが片付かないわ」

「だったら、ちょうどよかった。僕一人じゃなんだから、手伝ってもらおうと思って、途中で高等部の後輩を連れてきたんです。教官室の片付けを手伝ったら美人の先生がおいしいお茶を淹《い》れてくれるよって誘って」

「まあ、そうだったの？　あなた、お名前は？」

「……い、今井理友です」

「今井くんね。ありがとう、助かるわ！　それじゃ、とっておきのお茶を淹れましょうね」

にこやかに微笑みかける神崎先生に、つまらないことを言うわけにもいかず、理友は曖昧に笑い返すしかなかった。

理友は外部入学ということもあって名前と顔ぐらいしか知らなかったが、神崎先生は長い間、至恩学院で教鞭《きょうべん》を執《と》っていて、最近はもっぱら中等部を受け持っていたらしい。ただ、以前は高等部でも教えていたので、羽田は在学中、ずいぶん世話になったという。

神崎先生はお茶の支度をしながら、そんな昔話を教えてくれる。

「……それにしても、羽田くん、教官室の片付けを手伝ってくれるのも久しぶりね。あなたもなつかしいっていうか、寂しいでしょう？　在学中はここに入りびたりで、卒業してからも、よく遊びに来てくれたし」

「そうですね。留学してから、すっかりご無沙汰《ぶさた》してしまって」

「ああ、あの時は驚いたわ。あなたが急に留学するって言い出して……しかも、ハーバードのビジネススクールなんだもの。この学校の卒業生であそこに合格したのは、榛名くんに続いて二人目よね？」

不意に知っている名前が出てきて、理友は顔を上げた。

するとと羽田がさりげなく説明してくれる。

「神崎先生が言っているのは、峻の兄貴のことだよ」

「……あ、そっか、岐一《きいち》さんのことか」

理友が納得した顔になると、今度は羽田が怪訝な表情になった。

「知ってるの？　峻の兄貴……榛名先輩のほうも」

「はい。何度かお会いしました。創立記念日の講演会にもゲストで来てたし」

山積みの本を言われるままに移動させながら、お茶を飲む場所を作っていた理友が答えると、神崎先生も口を挟んでくる。

「そうそう。そうだったわね。ほら、毎年恒例の創立記念日の講演会があるでしょ？　あれに去年、榛名くんがゲストで来てくれたのよ」

そう話しながら神崎先生はお茶の支度を載せたトレーを運び、本を片付けたテーブルの上に置くと、理友と羽田を窓際にある応接セットのソファに促す。

理友がおずおずと腰を下ろすと、その隣に羽田も座り、さらに訊ねてきた。

「ねえ？　きみって峻の兄貴とも親しいの？」

「そんなことはないですけど……」

「でも、何度も会ったって言ったよね？　いつも忙しい榛名先輩と」

羽田から意外そうに問い返され、理友は返事に詰まった。

答えるにしても向かいのソファに腰を下ろし、お茶を淹れている神崎先生も聞いているから、おかしなことは言えない。

「ええっと、あの、岐一さんとはたまたま……その、僕は榛名さんに……弟さんに、いろいろお世話になってるから」

理友がしどろもどろになりながら説明すると、今度は神崎先生が意外そうに首を傾げた。

「あら、弟って……榛名くんの？」

「そうです。外車ディーラーをやっていらっしゃる関係で、ある外車を……僕と同じ名前の車を探してもらったことがあって」

そんな説明をすると、神崎先生の目が丸くなった。理友は自分の名前のことも説明しないと話がわからないかも、と思ったが、神崎先生が驚いたのはまったく別のことだった。

「……外車ディーラー？　だけど榛名くんの弟って羽田くんと親しかった、あのオートバイのレースばかりやってた子よね？　知らなかったわ、あんなにレースやバイク一辺倒《いっぺんとう》だったのに、もうやめちゃったの？」

そんなふうに問い返されても、榛名のレーサー時代のことは知らない理友が困ってしまうと、羽田が横から答えてくれた。

「彼は事故を起こして、レーサーとしては引退したんですよ」

「……あらまあ、そうだったの？　でも、あの子は何があってもやめないっていうか、一生、レースを続けそうだったのに」

「そうですね。昔はレースのことしか頭にない問題児だったし」

「そうそう。榛名くんのところは、上の子がそれはそれは素晴らしい優等生だったんだけど、ちょっと堅物っていうか、面白味がない子で……逆に下の子のほうは、まさにいたずらっ子がそのまま大きくなってしまったようなヤンチャ坊主で」

「ひどいな、先生。そんなふうに言われたら榛名先輩が傷つきますよ」

「あら、そうかしら？　きっと榛名くんだったら、面白味とはどうやれば身につくのかって、事細かに調べ上げて論文にまとめちゃうわよ」

「あ、ありそうだな、それは」

「でしょう？」

そんな悪気のない冗談を言い合いながら、神崎先生と羽田は笑っている。

だが、どうしてなのか、理友には笑えなかった。

神崎先生に淹れてもらった香りのいい紅茶を飲みつつ、楽しそうに話しているのを聞く限り、羽田は榛名本人だけでなく、榛名の兄のことまで、よく知っているようだ――いや、むしろ、よく理解していると言ってもいい。

（……だったら、なんで榛名さんと別れたんだろう？）

そんな疑問が再び、湧き上がってくる。

こんなふうに一緒にいればいるほど、羽田雅紀という人物を知れば知るほど、榛名と別れた理由が気にかかる。

榛名に向かって謝りたいとか、やり直したいと言っていたことも。

もちろん、理友にもわかっている。そういったことは自分があれこれと悩むことではないし、やたらと首を突っ込んでいいことでもない。でも、どうしても頭から離れない。

自己嫌悪を感じた理友は思わず、八つ当たりしてしまった。

(もー、榛名さんのバカ！　バカバカバカ！　なんで連絡くれないいんだよ！　話したいことも、訊きたいことも、いっぱいあるのにーっ！)


「……理友？　もう寝てるのか、理友？」

ドア越しに呼びかけられ、理友はパチッと目を開いた。

せわしなく叩き続けるノックの音とともに聞こえてきたのは、同じ寮生の龍樹の声だった。

しかも、いつの間にか、部屋の中は真っ暗になっている。どうやら夕方、学校から戻って、制服から私服に着替えた途端、うっかり眠り込んでしまったらしい。

ベッドから勢いよく飛び起きた理友は、あわてて部屋のドアを開くと、心配そうな顔つきで廊下に立っていた龍樹に謝った。

「ごめん、リュージュ！　ちょっと爆睡してた！」

「だったらよかった。どうしたのかと思った。ケータイを鳴らしても出ないし、夕食の時間も下りてこなかったから」

「……あ、オレ、もしかして、晩ご飯、食べそこねちゃった？」

青褪《あおざ》めた理友が訊くと、龍樹は肩をすくめた。

寮での食事は時間が決まっているので、いつも空腹を抱えているような成長期の青少年は、食べそこねると一大事なのだ。

万が一にそなえて買い込んだ非常用食料もあるにはあるが、夕食も忘れて、気絶するように寝落ちしたのも身体の節々が痛いのも、その原因が腹立たしい。

（くっそー！　ぜーんぶ、羽田さんのせいだよっ！）

思わず、理友は毒づいた。羽田につかまって教官室まで連れていかれ、神崎先生からお茶をごちそうになったところまではよかったのだ。けれど神崎先生はお茶を飲んで一息入れると、さあ、片付けを手伝ってね、と理友を遠慮なくこき使った。

神崎先生と羽田が分野別に分けた山のような本を、ダンボール箱に詰め込んで教官室の外に運び出すのはとんでもない重労働だった。あとで業者が運びに来るから廊下に積んでおいて、と言われ、本気でホッとしてしまったほどだ。積み重ねたダンボール箱を教官棟の最上階から一階まで運ぶのは絶対にごめんだった。

しかも、理友は生真面目な性格のせいか、やるとなったら本気になってしまう。なんでこんなことを、と心の中でぼやきつつ、運び出す人の手間を考え、きちんとサイズを合わせて壁際に寄せながらダンボール箱を積み上げていくと、神崎先生にはたいそう喜ばれ、よかったらまた手伝いに来てね、と誘われてしまった。

確かに、どう見ても本が多すぎて、片付けが一日や二日で終わるなんて思えない。羽田も、しばらく時間があるので、また手伝いに来ますね、と神崎先生に言っていたくらいだ。それを思い出して、理友は独りごちた。

（……手伝うのはいいけど、羽田さんと顔を合わせるのは気が重いなー）

悪い人ではないような気もするが、榛名の昔話を意味ありげに振ってくるのは、なんとなく居心地が悪い。そんなことを考えながらあくびをすると、キュウウウウ、と理友の腹が鳴って、龍樹が苦笑を浮かべた。

「ちょうどいい。上着を取ってこい」

「え？　なんで？」

「なんでもいいから早く」

そう促され、理友はあわてて部屋の中に戻って、ダウンジャケットを持ってきた。

すると龍樹はやたらと理友を急《せ》かしながら階段を下り、消灯の時間が近づいて静まり返った寮の一階に向かう。

しかも、とっくに門限も過ぎて、オートロックが締まっている正面玄関に。

理友が戸惑っているうちに龍樹はすばやく暗証番号を打ち込み、オートロックを解除するとドアを開けてくれる。

「……いいの？　こんなことしても」

「悪いに決まってるだろう。でも、今夜は特別だ。さっさと行けよ。これで借りは返したって言っておいてくれ」

「待ってよ、どういうこと？　言っておいてって……」

理友が訊ねても龍樹は答えず、すぐさまドアを閉めてしまう。

ガチャリ、と再び、オートロックの締まる音が聞こえて、理友は呆然《ぼうぜん》としてしまった。

思わず、救いを求めるように左右を見回すと、寮の門の向こう側からウインクをするように瞬いている車のライトが目に入った。

よく見れば、暗い路地の奥に停まっているのは、見覚えのあるマセラティだった。

そう気づいた途端、理友は全速力で駆け出していた。

「榛名さん！　どうしたの、こんな時間に……」

「しっ！　ともかく、さっさと乗れ。見つかったらヤバいだろ、おまえもリュージュも」

理友がためらっても、運転席の窓から顔を出した榛名はいたずらっぽい笑みを浮かべながら急かしてくる。理友が仕方なくマセラティの助手席に乗り込むと、シートベルトをつけるのも待たずに車は走り出した。

　呆れる理友の横で、ステアリングを握る榛名は笑っていた。

「よし、拉致《らち》成功！」

「……拉致されちゃったの、オレ？」

「誘拐《ゆうかい》でもいいぞ」

「どっちもヤダ」

　憮然として答えても、榛名は笑うばかりだ。何を言っても無駄かも、と思いながらシートに沈み込んだ理友は、ぼそりと呟いた。

「……オレ、寮から脱走ってことになっちゃうのかな？」

「だいじょうぶ。リュージュに貸しがあったから、オレが強引に頼んだんだよ……どうしても話したいことがあるから、理友を寮から連れ出せないかって」

　そう言われ、運転席を見ると榛名は茶目っ気たっぷりにウインクを投げてくる。

「ともかく元気そうでよかった。顔を見るのも久しぶりだもんな」

「だって誰かさんが忙しいし」

「あー、悪い。いまだに忙しいっていうか……いろいろ立て込んでて、今夜もやっとのことで抜け出してきたんだ」

「ふうん？　だから電話もメールもくれないんだ？」

拗ねた口調で呟くと、榛名も分が悪いようで肩をすくめる。

「それは気になってたんだけどさ。ほら、理友は言い訳ばっかの電話もメールもいらないって怒りまくってたから」

「オレ、そんなこと言った？」

理友がキョトンとすると、榛名は苦笑混じりに言い返す。

「おいおい、ひどいな。忘れるなよ、自分から言ったくせに……この前、最後に会った時だよ。オレが仕事先に呼び出されて、理友を一晩、部屋で待ちぼうけさせちまった時」

そう説明され、理友も思い出した。

緊急事態だと会社に呼び出された榛名を部屋で待っていた時、まだ戻れない、もう少し、と何度も電話やメールが来たので、それに苛立って、もう言い訳なんか聞きたくない、と文句を言った気がする。

だけど、それとこれとは違うと思っていると、榛名は神妙な顔つきで呟いた。

「……まあ、オレも、そういう電話やメールじゃなくて、理友とちゃんと会って面と向かって話したかったから、仕事が一段落したらすぐにって思ったんだけど……これがまた、ちっとも片付かなくてさ。悪かったな」

そんなふうに謝られ、理友は言葉を失ってしまった。

自分と同じように、榛名もちゃんと会って話したいと思っていたのだと知れば、それまでの苛立った気分も吹っ飛び、ふわふわと気持ちが浮き立ってしまう。

だが、そんなタイミングで榛名はさりげなく訊ねてくる。

「そういや、サキに会ったんだって？」

「え？」

「学校で会ったって聞いたぞ。今日、あいつから電話がかかってきて」

「……あ、羽田さん？」

「ああ。あいつから突然、会社に電話がかかってきて、仕事が忙しいんだってねとか訊かれて、どうしておまえが知ってんだって問いただしたら、理友に教えてもらったとか、今日、学校で会ったとか言われて驚いたよ」

榛名の言葉に、理友はちょっと不機嫌になった。こんなふうに手段も選ばず、忙しい榛名が自分に会いに来てくれたのは、羽田からの電話があったせいなんだとわかったからだ。

そう気づいてしまうと、榛名に会えて嬉しいと喜んでいた気持ちも一気にしぼんでしまい、理友は助手席の背にもたれながら呟いた。

「……オレだって驚いたよ。羽田さん、お世話になった先生が退職するんで教官室の片付けを手伝いに来たらしくて、オレまで手伝わされちゃって」

「聞いたよ、まだいたんだな、神崎のオバサン。あのオバサンに、サキはなついてたからな。それでなんか話したか？」

「話って？」

さりげなく訊かれ、理友は首を傾げる。

すると、榛名は信号に引っかかってブレーキを踏みながら、ためらいがちに言った。

「いや、だから、その……なんつーか、昔話とか……理友がオレの話とか訊いたり、あいつが答えたりしたのかなって思って」

そんなことが気になって、わざわざ時間を作って会いに来たんだと思ったら、理友は無性に腹が立って、ふてくされた口調で言い返した。

「オレはなんにも訊いたりしなかったよ。あっちは勝手にしゃべってたけど」

「理友？」

榛名は怪訝な顔を向けるが、理友は我慢できなかった。

「オレは知りたいことがあったら、榛名さんに直接、訊くって言ったんだ。だって、こっそり羽田さんに訊くなんて卑怯じゃないか！　知りたかったら榛名さん本人に訊くよ！　オレには教えたくないって思ったら、榛名さんが答えなきゃいいだけだし」

そう一気にまくし立てると、榛名が目を丸くしてしまう。

つまらないことを言った自覚はあった。黙っていればよかったのかもしれない。

けれど、なんだか悔しくて黙っていられなかったのだ。何がそんなに悔しいのか、自分でもよくわからなかったけれど。

すぐに信号が青に変わって、榛名はアクセルを踏み込んだ。

再び、マセラティがなめらかに走り始めると、二人そろって黙り込む。

それでも、息が詰まるような重苦しい沈黙は長くは続かなかった。

しばらく走ると、榛名はおもむろにステアリングを切って車線を変更し、通り沿いにあったパーキングにマセラティを滑り込ませた。

理友が訝しげに目を向けると、車を停めた榛名が言った。

「何が知りたいんだ？」

「え……？」

「さっき、言ってたじゃないか。理友が直接、オレに訊きたいことってなんだ？」

前振りなしでストレートに訊かれ、理友が絶句してしまうと、榛名も腕を組んで考えながら呟いた。

「オレから話したほうがいいのはわかってるんだが、はっきりいって何から話すべきなのか、わからないんだ……だから、知りたいことがあるなら訊いてくれよ。理友が知りたいことなら、なんでも答えるから」

「……な、なんでもって、どんなことでも？」

「ああ。どんなことだっていいよ」

そう言われ、理友は口唇を尖らせた。

確かに、いくらでもあるのだ——榛名に直接、訊きたいこと、確かめたいことは。

それでも、こんなふうに面と向かって言われてしまうと、いったい何から訊《たず》ねればいいのか、まるでわからなくなってしまって、結局、さんざん迷った末に、もっとも気になっていたことを最初に訊ねた。

「……つ、つき合ってたんだよね、羽田さんと」

「ああ」

榛名が頷いた途端、わかっていたはずなのに理友の胸はズキンと痛んだ。

思わず、痛みを感じるような心臓のあたりを手のひらで押さえて、さらに訊ねた。

「どうして別れたの?」

「別れたんじゃない。オレが振られたんだ」

「榛名さんが?」

理友が目を丸くして問い返しても、榛名は黙って頷くばかりだ。

ただ、窓の向こうに見える夜景に照らされた横顔は不機嫌には見えず、それに勇気づけられ、理友はさらに訊ねた。

「だ、だったら、どうして振られちゃったの?」

「きっと愛想が尽きたんだろう、オレに……当時、オレはめちゃくちゃ荒れてたから。サキに見限られても、しょうがない男だったんだ」

榛名は苦い口調で呟くが、理友はこっそりと口唇を噛《か》んだ。

自分でもよくわからなかったが、なんとなく気に入らなかったのだ。榛名が今でも平気で、羽田を愛称で呼んでいることが——サキ、と榛名が口にするたびに、理友の心臓がズキズキと痛むような気がする。

「それじゃ、ええっと……なんで羽田さんのこと、サキって呼ぶの？」

思い切って訊いてみると、榛名は怪訝な顔で首をひねる。

「なんでって、なんでだろう？　知り合ったガキの時からずっと呼んでるし、仲間内もみんな、そう呼んでるんだ」

まったく気にも留めていなかったという様子で答えた榛名は、そんなことを知りたいのかと不思議そうに理友を見つめ返してくる。

「ほら、サキとはガキの頃からのつき合いで、幼稚舎から一緒だったし……最初に会ったのは、同じクラスになって出席番号順に並んだ時かな？　あいつが羽田で、オレが榛名だろ？　んで、名札を見た時、ハタ・マサキじゃなくて、ハタマ・サキだと思ってさ」

ほら、幼稚舎だから、まだ名札も平仮名だったんだよ、と話してくれる榛名は、どことなくなつかしそうな表情になっていた。

「それで、その名札を見て、オレはシュンでかまわねーからサキって呼んでもいいかって声をかけたのが、あいつと話した最初だったんだ」

「……覚えてるんだ？　羽田さんに最初に会った時のこと」

「そうだな。長いつき合いってこともあるし……あいつがオレのマヌケ加減がよくわかるって、ずっと持ちネタっていうのか、どこに行っても自己紹介をする時には必ず、ネタにしてたから忘れられないんだ」

　榛名はのんびり答えるが、理友はやっぱり胸がムカムカした。

　振られたとか見限られたとか、言葉で聞く限り、ずいぶんひどいことをされた相手なのに、榛名の言葉や態度からは羽田を責めるようなニュアンスは感じられなかった。それが理友には我慢できない。けれど、そんな理友の気持ちには気づかず、榛名は呑気に続ける。

「でも、理友と最初に会った時のことも覚えてるぞ？」

「ホントに？」

「ああ。当たり前だろ」

　理友が訝しげに問い返すと、榛名はニヤリと微笑んだ。

「駅前の待ち合わせ場所で、ずっと落ちつかない様子で立っててさ、ニヤニヤしたと思ったら、しかめっ面になったり、しょんぼりしたり、周囲をキョロキョロ見回してたよな」

「な、なんだよ、オレのこと、ずっと見てたの？」

「一応、確認のために、ホントにこの子なのかなって観察してたんだよ……そうしたら、急に移動し始めたんで、まずいなって、あわてて声をかけたんだけど」

「そそそ、それって、なんか性格悪いよ、榛名さん！」

恥ずかしくなった理友が睨んでも、榛名は楽しそうに笑っている。

リラックスした雰囲気でシートにもたれかかって、優しく微笑んでいる顔は、いつも理友に向けてくれる、見慣れた笑顔だった。思わず、その大好きな笑顔にごまかされそうになって、あわてて気持ちを引き締める。

榛名のことは大好きだ。その気持ちは変わらない。

でも、それでも、そんな自分の気持ちを波立たせるものの正体を確かめたかった。

理友はあえて視線を窓の外に向けると、ちょっと考えてから口を開いた。

「ま、まだ、質問してもいい？」

「どうぞ」

頷いてくれた榛名はステアリングの上に腕を組んで、理友を促す。しばらく躊躇《ちゅうちょ》した上で、理友は呟くように言った。

「この前、羽田さんから言われたよね……よ、よりを戻そうとか、やり直そうとか」

「ああ。言ってたな」

そっけなく同意した榛名に、うつむいた理友は畳みかけるように訊ねる。

「ど、どう思った？　自分から別れたわけじゃないって言ったよね？　だったら羽田さんから言われたことって嬉しかったりするの？」

自分と別れて羽田とやり直したいと思うのか——そう声を荒らげて詰め寄りたくなったが、理友は踏み止《とど》まった。人の気持ちだけはどうにもならない。それは榛名が決めることであって、人がどうこう言えることではない。理友が今、彼の恋人であっても。

だが、悲壮な決意で訊ねた理友の腕をつかみ、榛名は苦笑しながら自分のほうを向かせると、きっぱりと告げた。

「なあ、理友？　そんなことから確認されちゃうほど、オレって信用ない？」

「……ど、どういう意味？」

仏頂面で問い返すと、榛名は肩をすくめる。

「確かめるまでもないってことだ。今さら、サキが何を言ってこようと、オレの気持ちはもうあいつにはない。オレが今、好きなのは……一番大事にしているのは目の前でふてくされてる誰かさんだからな」

笑いを含んだ声で囁きながら自分を抱き寄せる手に、理友は逆らわなかった。

素直に引き寄せられ、優しいぬくもりに包み込まれると、自分からも両腕を伸ばして榛名にしがみつく。

「理友。つまらない心配はしなくていいんだ。あいつから何を言われても、よりを戻すとか、やり直すとか、少しも考えられないし……それこそ、捨てられた直後だったらまだしも、今は理友のほうが大事だ」

そんな囁きを聞いているだけで、理友は胸が熱くなってしまう。

なぜなら、ずっと、そう言ってもらいたかったからだ。

打ち消しても打ち消しても、どうしても湧き上がってくるような不安を、榛名自身の言葉で蹴散らしてもらいたかったのだ。

そのまま、顎先《あごさき》をつかまれて顔を持ち上げられ、互いの鼻の頭を押しつけ合う。

気がついた時には、どちらからともなく口唇を重ね合っていた。

キスをするのは、本当に久しぶりだった。

この前はキスどころか、手を繋《つな》ぐこともできなかったので、こんなふうに抱きしめられて、互いの体温を感じることさえ久しぶりだったのだ。

そのせいか、息を継ぐのも忘れて、夢中になってしまう。

理友からおずおずと口を開き、舌を伸ばすだけで頭の中が真っ白になっていく。

榛名の口唇はいつも甘くて、優しくて、気持ちがよくて――もちろん、時には激しかったり、情熱的だったりもするけど、それさえ嬉しく感じてしまうほど、理友は大好きなのだ。榛名のキスが――そして、榛名のことが。

おかげで互いの口唇が離れた時には、すっかり理友の息が上がっていた。

それでも、まだ離れがたくて、吐息を感じるくらい近くで見つめ合っていると、榛名の瞳はいたずらっぽく笑っていた。

思わず、理友は拗ねた口調で呟く。

「……なんで、笑ってるの？　嬉しいからかもな」

「な、何が嬉しいの？」

理友が憮然として問い返すと、榛名が触れるだけのキスを繰り返しながら答えた。

「それは決まってるだろう？　理友が可愛い焼きもちを妬《や》いてくれたことだよ」

「や、妬いてないよ！　焼きもちなんか、オレ」

「そうなのか？」

「そうだよ！」

理友が叫ぶように答えると、榛名はいっそう楽しそうに笑う。

それは理友が一番好きな、こっちまで嬉しくなってしまうような明るい笑顔だった。

その笑顔を見ていると、減らず口をからかわれるのも、やせ我慢を見抜かれてしまうのも、悪くないような気分になってしまう。

すると、そんなことを考えて気が緩んだのか、急に理友の胃袋が、キュルルルルルル、と空腹を訴えた。

あわてて、ごまかそうとしたが、とっさに何も言葉が浮かんでこない。

「あっ……こ、これは！」

「なんだ、理友。腹が減ってんのか？」

「べ、別に……これは夕食を食べそこねて、うっかり寝ちゃったせいで、だから」

「晩飯、食いっぱぐれたのか？　だったら早く言えばいいのに」

榛名は微笑み、理友の髪を掻《か》き回すように撫でながら助手席に押し戻した。

そして、すぐに車のエンジンをかけて、カーナビをいじり始める。

「とりあえず、何が食いたい？　なんでもいいぞ……と言っても、あんまり遅くなるわけにはいかないから近場だな」

リュージュに怒られちまうし、今夜中に理友を寮に戻さないとマズいから、と呟く榛名は、いつもと変わらない表情で、理友は照れくささを隠すように早口で言った。

「オレ、ハンバーガーでいいから。そのへんのファストフードで」

「……うーん。それだったら、ファストフードじゃなくってさ、アメリカのダイナーみたいな超うまいハンバーガーを食べられるところに連れてってやる。一度、食べたらびっくりするぞ。ハンバーガーとは思えないほどうまいから」

そう話しながら、榛名はマセラティをパーキングから出していく。

舌が肥《こ》えている榛名が誉《ほ》めちぎるくらいだし、きっとすごくおいしいんだろうな、と理友もなんとなくワクワクしてくる。

すると、不意に思い出したように榛名が言った。

「……そうだ、理友」

「ん？」

「ちゃんと覚えてるか、今度の週末」

「今度の週末って……ああ、前に誘ってもらった美術館のパーティーだっけ？」

「そうそう」

榛名はステアリングを切りながら頷いたが、理友は訝しげに問い返す。

「オレは平気だけど、榛名さんこそ行ってる時間あるの？」

「まあ、そうなんだけど、兄貴が珍しく理友を連れて絶対に来いってうるさくってさ。理友は兄貴に気に入られてるからな」

「そうかなあ？」

「ああ、そうみたいだぞ？　電話でも、オレみたいのより、理友みたいな弟が欲しかったって、さんざん愚痴《ぐち》られるし」

「でも、榛名さんだって言い返したんでしょう？」

「もちろん！　兄貴なんかに言われっぱなしでいるかよ」

そう力強く肯定され、つい理友が笑ってしまうと、さらに榛名が微笑んだ。

「ともかく、どうにか都合をつけて、オレも時間を作るからパーティーが終わった後、近場のホテルに一緒に泊まって、二人でのんびりしないか？」

「……うん！」

そんな榛名の誘いに、理友は素直に頷いた。

結局のところ、楽しそうに微笑んでいる榛名を見ただけで、たくさんあった不安や疑問まで吹っ飛んでしまう理友だった。

（……すっごく場違いだなあ、オレ）

そう独りごちた理友は、パーティーの招待客に取り囲まれた榛名から離れると、ガラス張りのアトリウムの向こうに見える夜景を眺めた。

都心の一等地にありながら空間を贅沢《ぜいたく》に使った真新しい美術館は、一階から三階まで大きく吹き抜けとなったアトリウムがあり、ガラスの向こうにはキラキラと輝くイルミネーションが見える。

けれど、そのガラスにぼんやり映った自分は少し退屈そうだ。

最初に渡されたジュースのグラスを持ったまま、所在なさげな表情をしている。

パーティーとはいっても、場所は美術館の中にあるレストランだ。

堅苦しいドレスコードはないから平気と言われたので、理友は金ボタンのついたブレザーにボタンダウンのシャツとチノパンを合わせている。

一緒に来た榛名もネクタイをしないのはいつもと同じだったが、ダークスーツにあざやかなセルリアンブルーのシャツを合わせていた。無難な白いシャツよりも整った顔立ちが引き立ち、いつにも増して華やかに見える。

しかも、そんな榛名の隣に今夜は、生真面目な雰囲気で堅苦しいスーツを着込んだ榛名の兄、岐一も並んでいた。

この立派な美術館、ハルナ・メモリアル・ミュージアムは国内で一、二を争う大手運送会社、ハルナ運輸の創業者でもある名誉会長――つまり、彼ら兄弟の祖父が収集したコレクションを管理している榛名芸術財団が母体となっているからだ。

そんな事情もあり、榛名の兄もハルナ運輸の専務を務めるかたわら、榛名芸術財団の理事の一人になっているようだ。今夜のパーティーでもメイン・ゲストである画家と並んで挨拶をし、招待客から注目を集めていた。

しかも、この兄弟が顔を揃えることは滅多にないらしく、二人の周囲には次から次へと人が集まってくる。恰幅のいい紳士や品のいい婦人が、おじいさまはお元気かしら、お父さまには本当にお世話になって、と二人に向かって話しかける声が離れた場所で見ている理友の元まで聞こえてくるほどだった。

（……榛名さんって、やっぱ、いいところのお坊ちゃんなんだなー）

そう考えながら苦笑していると、レストランの奥にいた数人がスタッフに付き添われながら出ていくのが見えた。

まさか、パーティーは始まったばかりだし、もう帰っちゃうわけじゃないよね、と訝しげに見ていると、彼らはレストランの向かい側にある展示室に入っていった。とっくに営業時間は終わっているはずだが、展示室の中にはパラパラと人影がある。

どうやら、パーティーの間、招待客は自由に展示室を見てもいいようだ。

だったら一人で退屈だし、ちょっと覗いてみようと思い立った理友は、空になったグラスをカウンターに置くと、そこにいたスタッフに展示室を見てもかまわないことを確認してから、レストランを抜け出した。

さっきの人たちを追いかけて展示室に入ると、美術館のスタッフから直々に展示された絵を解説してもらっているのが聞こえてきて、理友もおずおずと近づいて耳を傾ける。

今日から始まったのは、国内よりも海外で有名になっている［α］――アルファという画家の特別展だ。一年前に開催された回顧展が世界中から注目を集めて数々の賞をもらい、今年はそのアンコールとなる特別展らしい。

そういえば、去年の春頃、この画家アルファの話題はあちこちのメディアで取り上げられ、現代アートに興味のない理友でも見かけることがあった。

ずっと正体不明とされていた画家がとても若い青年だとわかって、祖母がテレビを見ながらびっくりしていたことを思い出しつつ、作品を眺めていた理友は、ある大きな絵の前で自然と足が止まった。

絵の解説をしている美術館スタッフが、これがアルファの作品でもっとも大きく、購入価格も飛び抜けて高額であり、一億五千万円以上だったと話しているが、その絵には確かに言葉にあらわしがたい迫力があった。

描かれているのは、ありふれた海辺の風景だ。

薄曇りの空の下、小高い丘から見下ろした海の上に、たなびくような灰色の雲の切れ間から幾筋もの細い光が射し込んでいる。

それは、この絵の題名にもなっている［Angel's Ladder］――天使の梯子《はしご》だった。

淡いタッチで描かれた風景は緻密《ちみつ》で繊細だが、大きな画面を隅から隅まで埋め尽くす迫力に、ただ、ただ圧倒されてしまう。

理友には絵画を鑑賞する趣味はなかったし、芸術としてすごいかどうか、そういったことはわからなかったが、それでも絵の前でポカーンと口を開けたままで立ち尽くし、息をするのも忘れてしまいそうだった。

スタッフから説明を受けている人たちが次の絵に進んでも、理友はなんとなくその場所から離れがたい気持ちになって、いつまでも呆《ほう》けたように絵を見上げていた。

だが、ふと気づくと、すぐ近くに人が立っている気配があり、顔を向けるとスーツの胸元にネームプレートをつけた男性と目が合った。

この美術館のスタッフかな、と思っていると、怜悧な美貌がふわりと微笑んだ。

「この絵がお気に召しましたか?」

「はい」

理友が素直に頷くと、彼は申し訳なさそうに続けた。

「すみません。ずいぶん長い間、立ち止まったまま、絵を見ていらっしゃったので、ちょっと気になってしまって」

「あ、そうだったんですか?　こちらこそ、すみません。ご心配おかけしました」

口を開けたまま、ボケーッと突っ立っていたところを見ず知らずの人に見られていたことに、恥ずかしくなった理友は赤面しながら言い訳をした。

「あの、この絵っていうか、この画家さん、ずっと名前は知ってたんですが、今まであんまりちゃんと見たことがなかったので、本物を見たらすごく圧倒されちゃって……きれいですよね、この天使の梯子って」

「ええ。わたしも好きです」

理友が正直な感想を呟くと、彼は嬉しそうに微笑みながら頷いた。

冷ややかに見えた美貌も、そんなふうに笑みを浮かべると、だいぶ印象が変わる。この人もこの絵が好きなんだなあ、と伝わってくるような微笑みだった。

そんな顔を見ると、なんだか理友まで嬉しくなって、さらに続けた。

「あの……実は、僕の祖母が好きなんです。このアルファの絵が……彼の絵って海とか浜辺が多いじゃないですか？　それが、なんとなく、なつかしい感じがするって……祖母が幼い頃、生まれ育った場所の、いつも見ていた海に似ているって」

「おばあさまは、どちらのご出身なんですか？」

「ええっと、生まれは駿河《するが》って言ってたから静岡《しずおか》だと思います。いっつも海が見える土地から見えない土地にお嫁に来たって話してて……あ、オレが生まれたのは信州《しんしゅう》なんですけど、いや、それは関係ないか、すみません」

　調子に乗った理友が余計なことまで口にしても、彼はにこやかに首を振った。

「それでわかりました。おばあさまがなつかしいと思われるのも当然だと思います。この絵が描かれたのは静岡の御前崎《おまえざき》なので、この海は駿河湾になります。たぶん、おばあさまが幼い頃、見ていたのも同じ駿河湾じゃないかな」

　そう教えてもらい、理友は目を丸くする。

「へえ、そうだったんだ……いいことを聞いちゃいました！　ありがとうございます。今度、おばあちゃんに会いに行った時に、教えてもらったことを話してあげなきゃ！　きっと喜ぶと思います」

「ええ。よろしかったら今度は、おばあさまとご一緒にいらしてください。アルファの作品は常設展示も多いので、いつでも見られますから」

　はい、と理友が元気よく頷いた時、展示室の入り口から聞き覚えのある声が聞こえてきた。

「津田《つだ》くん、理友くんは見つかったのか？」

「……あ、いるじゃん、理友。急にいなくなっちゃうから探したんだぞ」

そう言いながら近づいてきたのは、榛名と榛名の兄だった。

津田と呼ばれたスタッフは振り返って、榛名の兄に向かって丁寧な口調で答える。

「申し訳ありません。すぐ彼だとわかったんですが、とても熱心に絵をご覧になっていたので、呼びに来たと伝えそこねてしまって」

「へえ？　理友。こーゆー絵、好みなんだ？」

そう呟いた榛名は、理友の横に並びながら絵を見上げる。

「オレっていうか、うちのおばあちゃんが好きなんだよ、このアルファって人の絵……それで興味があったんだけど、実際に本物の絵を見てみたら、すっごい迫力があって、オレもわりと好きかもしれない」

「ふうん？」

榛名がいかにも興味がなさそうな相槌《あいづち》を打つと、額を押さえて顔をしかめている榛名の兄に津田が苦笑を向ける。

「弟さんは、こういった絵画には興味がなさそうですね」

「実はそうなんだ」

「あー、悪いけどないな、ま～ったく」

榛名自身も悪びれずに答えると、榛名の兄はこれ見よがしに溜息をついた。

「これだから峻は……こんな有様では、いつまでたっても財団の理事はまかせられない」

「勘弁してくれ、兄貴。まかせなくってもいいし」

「そういうわけにもいかない。おまえだって榛名家の人間なんだから」

「知るかよ、そんなの」

「峻！」

あっという間に、いつもの口ゲンカが始まってしまい、理友はこっそり肩をすくめた。

彼らは顔を合わせるたび、こんな調子なのだ。

以前はこんな言い争いが始まるだけでハラハラしていた理友も、最近は呆れるのを通り越し、すっかり慣れてしまった。むしろ、彼らは仲がいいのかもしれないと考えている。もちろん、本人たちは口を揃えて否定するだろうが、弟の顔を見れば文句を言っている兄と、そんな兄に飽きもせずに言い返している弟なんて、どっちもどっちだ。

それでも今夜は珍しいことに、榛名の兄のほうから早々に文句を切り上げた。

「……とりあえず、今夜はおまえのことは後回しだ。理友くん、済まないが、わたしと一緒に来てもらえないか？」

「え？　オレ？」

驚いた理友が目を丸くして問い返すと、榛名の兄は頷く。

「そうなんだ。わざわざ峻に頼んで、理友くんを今夜のパーティーに連れてきてもらったのは、きみに会いたいという方がいたからなんだ。もちろん、きみには断る権利もあるが、よければ会ってもらえないだろうか？」

そう告げられ、理友はさらに目を見開いた。

榛名の兄にこんなふうに頼まれるような相手が、まったく誰も思い浮かばなかったからだ。

思わず、ストレートに問い返した。

「誰なんですか？」

「……いや、ええっと……どう言えばいいのかな」

すると榛名の兄は口ごもり、珍しいことに弟にすがるような目を向けた。

榛名は肩をすくめると、そっけない口調で言い放つ。

「どうもこうもないだろ？　理友、おまえに会いたいって兄貴に頼み込んできたのは、あの車を……おまえにフィアットのリトモをくれた人だよ」

美術館の最上階にある応接室には、すでに相手が待ちかまえていた。

応接室に入った途端、立ち上がって出迎えてくれた紳士に、理友は礼儀正しくお辞儀をする。

「宇喜多さん、こんばんは。ごぶさたしています」

「……あ、ああ。元気そうだね、理友くん」

「はい」

そんな挨拶を交わす間、ここまで連れてきてくれた榛名と榛名の兄は、すぐにドアを閉めて出ていってしまい、理友はちょっと心細くなった。しかし、臆《おく》していると思われるのも嫌で、しっかり顔を上げて壮年の紳士と向かい合う。

仕立てのいいスーツと落ちつき払った態度で、ごく自然に上流階級の人間だと伝わってくる紳士の名前は、宇喜多知久――旧華族の名門に生まれて、戦前は宇喜多財閥として名を馳《は》せた一族の直系であり、今も銀行や百貨店、不動産や建設会社といった数多くの企業を傘下《さんか》に持つUGグループの上層部にいるという。

そして、さらに至恩学院高等部の一学年先輩、宇喜多一久の父親であり、理友の遺伝学上の父親でもあった。

(……こうやって向かい合っても、ちっとも実感は湧かないけど)

そう独りごちると、理友はあらためて宇喜多氏を眺めた。

彼に会うのは二度目だが、自分の父親だとわかってから顔を合わせるのは初めてだった。

最初に会ったのは、去年の七月――亡き母が名づけてくれた名前の由来となったフィアットのリトモを見に行った御殿場のガレージで、車のオーナーだと紹介された。

本当に偶然だったが、わざわざ理友のために榛名が探し出してくれたフィアットのリトモが、まさしく亡き母が乗せてもらった思い出の車だったのだ。

その車は現在、宇喜多氏から譲られ、理友のものになっている。

けれど異母兄とのトラブルがわかった後、車の譲渡も含めて、秘書を通じて連絡があっても、直接、宇喜多氏本人から連絡をもらうことは一度もなかった。

それは亡き母の遺言もあったと秘書から説明を受けたが、本当のところはわからない。

理友は母から、ほとんど父親の話を聞いたことがなかったからだ。

唯一、教えてもらった例外が自分の名前の由来だ。

リトモという車でドライブに出かけた時、キスをしたことが忘れられなくて、思い出の車と同じ名前をつけたのだと。

しかし、こうやって宇喜多氏と向かい合っても、互いの間に血縁を感じさせるようなものは何もなかった。顔や体格にも似た部分は見つけられなかったし、むしろ異母兄の一久は本当に父親によく似ていた。何を考えているのか、表情から窺《うかが》い知れないところがそっくりなのだ。

今も互いに向かい合ったまま、宇喜多氏は黙り込んでしまって、どこか困惑したように理友を見下ろしている。

彼の背後にはしゃれたソファやテーブルが並び、大きな一枚ガラスの窓を額縁にするように都心の夜景が切り取られ、まさに芸術的な絵画のように見えなくもない。

さすがに美術館だけあるなと、どうでもいいようなことに理友が感心していると、ようやく宇喜多氏が口を開いた。

「……理友くん、よかったら座らないか?」

「はい」

素直に頷いた理友が、勧められた一人掛けのソファに座ると、その向かいに宇喜多氏も腰を下ろして苦笑を浮かべる。

「困ったな。何から話そうと思っていたのか、きれいさっぱり忘れてしまったよ……ともかく、こんなふうに呼び出すことになって悪かったね。一度、きちんと話をしたいと思ったんだが、いろいろ事情があって、きみのことを知っている榛名くんに頼ってしまった」

そう言われて、理友は首を傾げた。

「いろいろな事情って、どんな事情ですか?」

「いや、どんなと訊かれても、本当にいろいろとしか答えようがないんだが……」

宇喜多氏はちょっと困惑しているような表情で呟いた。それを見て、どうやら自分の質問はストレートすぎて答えづらいようだと思い、理友は質問の方向を変えてみた。

「だったら、オレときちんと話をしたいと思ったのはどうしてですか?」

「それは、つまり……なんと言うべきかな」

そう呟くと、宇喜多氏は口元に手を当てたまま、またしても黙り込んでしまった。

何度も話し出そうとするが、理友の顔を見るたびに言葉に詰まってしまう。

本当に何から話していいのか、混乱しているらしいと冷静に思いながら、宇喜多氏の答えを待ち、理友はじっと相手の顔を見ていた。

するとふ意に、宇喜多氏が苦笑を浮かべた。

「そんなふうにしていると、きみは本当にお母さんに似ているね」

「そうですか？」

「ああ。責めるわけでも急かすわけでもなく、視線だけで問いかけてくるところが……彼女に最後に会った時もそうだった。自分の頼みを引き受けてくれるのか、じっと見つめる瞳だけで詰め寄られているような気分になったよ」

「……頼み？」

理友が怪訝な顔で問い返すと、宇喜多氏は頷いた。

「そうだ。いっそのこと、最初から話そうか」

独り言のように呟いた宇喜多氏は、ためらいを振り切ったように静かな声で言った。

「きみのお母さんは、かつて宇喜多の会社で働いていて、わたしの部下だったんだ……仕事はできるし、性格も明るくて……忙しい部署だったから、残業や出張も多かったんだが、いつも笑顔でつき合ってくれるような優しい女性だった」

「母のことが好きだったんですね」

「もちろん。彼女は誰からも好かれていたよ」

宇喜多氏はすぐさま答えた。

だが、その返事にちょっと首を傾げた理友は、さらに訊ねた。

「……えーと、好きって、そういうんじゃなくって、なんていうのかな。僕が訊いているのは、個人的におつき合いするくらいにって意味なんですけど」

理友がストレートに訊ねると、宇喜多氏は曖昧な笑みを浮かべた。

「出張先で食事に行ったり、飲みに出かけたり……そういった大人のつき合いをするぐらいに好意を持っていたよ。こんな返事でかまわないかな？」

はぐらかすような答えが気に入らず、理友は畳みかけるように問いかけた。

「でも、その頃、結婚なさってたんですよね？」

「そうだね」

「じゃあ、浮気ってことですか？　母は愛人だったんですか？」

「……いや、そんな関係でもなかったと思うよ。わたしはお金を渡したこともないし、彼女は高価なプレゼントは分不相応だと受け取ってくれなかったし」

理友が訊ねるたびに、宇喜多氏は困ったように苦笑を浮かべながら答えてくれる。

だが、返事を聞いている理友の表情で、なんとなく納得していないことが感じ取れるのか、さらに言葉を選んで説明してくれた。

「思い返してみると、出張や残業といった仕事以外で会ったのも一度だけだった。当時、まだ手元にあったリトモで……きみが受け取ってくれた、あのフィアットのリトモ・アバルトで、ドライブに行った時だけだよ」

そう呟くと、宇喜多氏は思い出をなつかしむように遠い目をする。

「だから彼女が突然、会社を辞めて信州の田舎に帰ると言い出した時は残念だったよ。父親を早くに亡くし、女手ひとつで育ててくれた母が一人で暮らしているのが心配だと話していたが、社内でも彼女の退職を惜《お》しむ声は少なくなかった」

当時は気がつかなかったし、わたしは何もわかっていなかった、と溜息混じりに呟いてから、宇喜多氏はうつむいた。

「まさか、彼女の退職に自分が関係しているなんて夢にも思っていなかったからね……彼女が田舎に帰ると決めた本当の理由は、きみを産むためだったんだ」

そう言うと、宇喜多氏は顔を上げて理友を見つめる。

「だから、わたしは……亡くなる前に彼女から連絡をもらうまで、きみという息子の存在さえ知らなかったんだ。彼女も自分の病気がわかって余命宣告を受けなかったら、一生、わたしに知らせるつもりはなかったらしいが」

「そ、そうなんですか？」

そんな話は初耳だったので、理友はさすがに驚いた。

ああ、と頷いた宇喜多氏も座り直すと、さらに説明する。

「ずいぶん悩んだが、それでも彼女の見舞いに行って……病気のことや余命宣告を受けたこと、そして頼める義理はないとわかっているが、自分がいなくなった後、せめて学生の間だけでも、きみを援助してほしいと言われて」

「それが、母の頼みだったんですね？」

そう問い返すと、宇喜多氏は意味ありげな苦笑を浮かべた。

「そうだが、他にも頼まれたよ。できることなら父親だとは名乗らず、きみの人生にも今後、一切関わらないでほしいと」

「ええっ？　それって、かなり勝手な言い分じゃありませんか？」

思わず、理友は呆れてしまった。我が母のことながら、一方的な頼み事をしているくせに、ずいぶんとひどい条件をつけていると思ったからだ。

けれど宇喜多氏は首を振る。

「いや、彼女が、そう言うのも無理はないんだ……わたしの生まれた宇喜多一族というのは、つまらないしがらみが多いからね。だから、わたしも彼女の遺志は尊重するつもりで、当初はきみと会うつもりはなかった」

彼女の病室に行った時も会わずに帰ったたし、そういう理由で葬儀も遠慮させてもらった、と淡々と話してから、宇喜多氏は苦笑気味に口元を歪《ゆが》めた。

「だが、ある日、御殿場《ごてんば》の岬《みさき》さんから……リトモを預けているガレージから、同じ名前の子が車を見たいと言って訪ねてくることになったと知らされて、もしかするとそれはって思ったら我慢できなくなってね」

それで他の用事を抜け出して岬さんのところに行ったんだ、と呟いた宇喜多氏は理友に目を向ける。だが、どことなく遠くを見ているような眼差《まなざ》しは理友自身を見ているというよりも、その顔に亡き母の面影を重ねているようだった。

そして、理友と目を合わせた宇喜多氏は、ふっと微笑んだ。

「実は見舞いに行った時、わたしはできることならきみを至恩学院に進学させてほしいと彼女に頼んだんだ。うちの親族はほとんどあそこの卒業生だし、息子も通っているから、わたしの目も届くと思ってね」

「そうだったんですか？　だったら、そのせいだったのかな……母が、急にオレに至恩学院に進学するように勧めたのは」

「そうであれば嬉しいね。でも彼女は、その場では考えておくとしか答えてくれなかったんだ。だから、きみが縁故の推薦ではなく、もっとも難関である高等部からの外部入学で合格したと知った時には驚いたし、本当に嬉しかったよ」

「……あ、ありがとうございます」

宇喜多氏から親しげな笑みを向けられ、理友は一応、礼を言った。

しかし、ちょっと複雑な気分でもあった。母が至恩学院への進学を勧めた理由はわかったが、そのせいで異母兄に目をつけられ、くだらないいじめをされ、今でも困っているのだ。

するとうつむく理友の表情で察したのか、宇喜多氏も表情を曇らせた。

「そういえば、息子が……一久が迷惑をかけたね。それについても会って詫びたかったんだ。一久もけっしてバカではないはずなんだが、きみのことを知ってから、急に反抗的になったり、成績まで下がってしまって、少々手を焼いてるんだ」

お手上げといった口調で嘆いた宇喜多氏に、さすがに理友は言い返した。

「迷惑だったら、今だってかけられてますよ！　少なくとも、オレは迷惑してます。だいたい、学校でオレを見るたび、わざわざ近寄ってきて、泥棒だの愛人の子だの騒いで情報ダダ漏れで、あの人、ホントにバカみたいです」

理友は思わず、思っていたことをまくし立てた。

日頃、どんなに腹が立っても、内容が内容だけに相手かまわず愚痴を言うことはためらわれ、ずっと我慢していたのだ。

それだけに、けっして無関係ではない宇喜多氏が相手なら、少しくらいかまわないだろうと思った途端、逆に止まらなくなってしまった。

「それに、宇喜多さんが家に帰ってこないとか、帰ってきても母親とケンカばかりしてるって言われてもどうすればいいんですか？　いちいち噛みつかれて迷惑なんです！」

言うだけ言って、すっきりすると、理友は大きく息を吐いた。

だが、そんな理友の前で、宇喜多氏は堪えられなかったように噴き出した。

真面目に訴えたのに笑われてしまって、理友がムッとした顔をすれば、宇喜多氏はいっそう我慢できないというように口元を覆い隠しながら笑っている。

「ま、待ってください！　笑うなんてひどいと思います！　笑いごとじゃないんですよ！」

「……す、すまん。きみの言い方が、あまりにも、きみのお母さんそっくりで」

「え？　そんなに似てますか、オレ？」

理友が怪訝な顔になると、宇喜多氏は笑いを堪えながら頷く。

「似てるね、驚くほど。きみのお母さんも一度、怒り出すと手に負えないというか、感情的になったら、ものすごい剣幕でまくし立てるタイプだったよ」

「あー、そういえば……でも、オレはママほどすごくないと思うけど」

「そう思ってるのは自分だけかもしれないよ？　彼女も、自分ではそんなに感情的じゃないと言い張っていただろう？」

「そうそう、よく言ってた！　怒り出したら、ちっとも人の話なんか聞かないくせに」

「そうだったね。全部ぶちまけてしまうまで止まらなくて」

「それで、あとで言い過ぎたってヘコんじゃうの」

「きみもそうかい？」

「……うーん、ちょっとそうかも？　やっぱり似てるのかな」

そう独りごちながら、理友は首を傾げる。

気づけば、礼儀正しい言葉遣いも吹っ飛び、おだやかに微笑む宇喜多氏と亡き母の思い出で盛り上がってしまった理友は、すでにカンカンに怒っていたことも忘れていた。

それに、こうやって話していると、これまで少しも実感が湧かなかったが、この人は本当に在《あ》りし日の母を知っているのだと伝わってきて、今さらではあるが、宇喜多氏が本当に自分の父親らしいと認めざるを得なくなってきた。

しかも、理友がそんなふうに感じたことは相手にも伝わったらしい。

宇喜多氏はソファにもたれかかって、親しみのこもった笑みを浮かべながら言った。

「ともかく、わたしも今さら父親ぶったりする気はないが、きみのお母さんが生きていたら、きみにしてやりたいと思っていたことは、きちんと代わりにするつもりでいるよ……彼女は、学生の間は何不自由なく過ごさせてあげたいと気にしていたんだ」

彼女自身、母子家庭で苦労したそうだからね、と言われて、理友も頷いた。

それは、かつて母親の口から何度も聞かされた話だった。

学生の間は学業第一、勉強はすればするだけ身につくものだし、小遣い程度のアルバイトで学業がおろそかになったら学費が無駄になる、それこそお金の無駄遣いになる、といつだって繰り返していたのだ。

宇喜多氏の口から直接、学生の間は経済的に援助していくつもりだと明言され、理友は素直に礼を言った。それは母を亡くし、肉親は足を悪くした祖母しかいない自分にとって、本当に有り難いことだったからだ。

するとと宇喜多氏は満足そうに頷き、さらに続けた。

「それと、これも言っておきたかったんだが、きみさえよければ、わたしの息子として正式に認知した上で宇喜多の一族に迎えてもいいと思ってるんだ」

「……えっ？」

予想外なことを言われ、理友は目を丸くした。

どうしていきなり、そんな話になってしまうのか、さっぱりわからなかったのだ。

理友が驚いていることに気がつくと、宇喜多氏はあわてて説明を加えた。

「もちろん、きみのお母さんが生きていたら反対するだろう……でも、いずれ社会に出る時、どんな仕事を選ぶにしても、宇喜多の名は必ず役に立つはずだ」

それに、きみのように成績もいい優秀な子は是非、大学卒業後はＵＧグループの系列会社に就職してほしいと思っているんだが、と嬉々《きき》として話す宇喜多氏の言葉をおそるおそる遮り、理友は問いかけた。

「……あの、そんなこと、ホントにできるんですか？」

「どういう意味だい？」

「ええっと、つまり……それって、宇喜多さんのご家族とか、ご存じなんでしょうか？」

「あ、いや、もちろん話そうと思っているが……」

「話そうと思ってるってことは、今はまだ話してないんですよね？　宇喜多さんの奥さんとか、宇喜多先輩は知らないってことですよね？」

　そう問い詰めると、宇喜多氏は急に歯切れが悪くなった。

「そうだね、きみの言う通りだ。今はまだ知らない。実のところ、いろいろ複雑な問題だし、いまだに妻や息子には話すきっかけがつかめなくてね……でも、いずれは理解してもらえると思うよ。きみはいい子だし」

　根拠もないのに楽観的な宇喜多氏に、理友は呆れてしまった。

「あの、お言葉を返すようですが、この問題に、オレがどういう子かっていうのは無関係だと思います。だいたい、そういう大事な話はオレに話す前に、ご家族で先に話し合ってください。それに、オレはこのままでかまわないし」

「そうなのか？　しかし……」

　宇喜多氏が言い返そうとした瞬間、ドアをノックする音が聞こえた。

「榛名です、お話し中にすみません」

　失礼します、と言いながら、あわただしくドアを開けて入ってきたのは榛名の兄だった。

　理友に視線で詫びつつ、宇喜多氏を見る。

「宇喜多さんと連絡がつかないと、わたしの携帯に秘書の方から着信が」

「なんだろう、急用かな？　話の邪魔をされたくなかったから、あらかじめ、ここに来る前に電源を切ったんだが……」

宇喜多氏は不満そうに呟き、スーツから携帯電話を出した。そして、すぐに着信を確かめて掛け直すと、短く話しただけで通話を切って溜息をつく。

「すっかり話し込んでしまったようだ。もう少し話をしたかったんだが、時間がない。すでに迎えが来ているので、先に失礼させてもらうよ」

そう言いながら立ち上がった宇喜多氏に手を差し出され、理友も立って握手を交わす。

「あわただしくてすまないが、今夜は本当に会えてよかった。もっと話したいこともあるし、きみさえよければ、また会おう」

はい、と理友が行儀よく答えると、宇喜多氏は廊下で待つ榛名の兄にも言った。

「榛名くんにも面倒をかけてしまって申し訳ない。弟の峻くんにも礼を言っておいてくれ」

「いいえ、ご遠慮なく。お役に立てたなら幸いです」

如才《じょさい》なく答えた榛名の兄は、お迎えの車までご案内しましょう、と宇喜多氏を促した。だが、その背中を見送っていた理友は、不意に思いついて、あわてて口を開いた。

「……あ、あの、すみません、宇喜多さん！　最後にひとつ、質問してもいいですか？」

「なんだい？」

急に呼び止めた理友を振り返り、宇喜多氏は首を傾げる。榛名の兄は遠慮したのか、足早に廊下の先に行ってしまった。急いでいるのに引き止めてしまって申し訳ないと思いつつ、理友は以前から疑問だったことを訊ねた。

「どうして、オレにあの車を……あのフィアットのリトモをくれたんですか？」

すると、宇喜多氏は表情を和ませて微笑んだ。

「それはね、きみなら大切にしてくれると思ったからだよ。あの車はきみのお母さんにとって思い出の車だったように、わたしにとっても思い出深い大切な車なんだ」

「でも、ずっと手放せなかった……唯一、手元に残していた車だったんでしょう？」

そう問い返したが、宇喜多氏は何も答えず、微笑むばかりだった。

じっと見つめ返してくる優しい瞳は理友ではなく、はるか遠くを見ているような――そう、それは二度と会えない人を探しているような、すでにこの世にいない人をなつかしむような、そんな憂《うれ》いを湛《たた》えた眼差しだった。

けれど、理友が意地になって返事を待っていると、宇喜多氏は複雑な心情を振り切るように、ことさら明るい声で言った。

「……そうだ、理友くん。あの車について、誰も知らないことを教えてあげよう。おそらく、きみのお母さんも知らなかったことだよ」

理友が問い返すように首を傾げると、宇喜多氏は茶目っ気たっぷりにウインクをする。

「実はね。わたしがリトモの助手席に乗せた女性は、後にも先にもたった一人なんだ」

「え……？」

考えもしなかったことを言われ、理友がキョトンとする間に、にこやかに微笑む宇喜多氏は応接室を出ていった。ドアの外に出ようとすると、エレベーター前にいた榛名の兄に、きみはここで待っていてくれ、峻が迎えに来るから、と声をかけられて頷いたが、頭の中はたった今、宇喜多氏に告げられたことでいっぱいになっていた。

あのリトモの助手席に乗せたことがある女性は後にも先にもたった一人――それは、つまり理友の母以外、誰も乗せていないということだ。

ならば、宇喜多氏にとって、母は特別な女性だったということだろうか？

彼の家族――ちゃんと結婚している妻よりも？

だが、そうだとしても、なんとなく理友は複雑な気分になる。

宇喜多氏の言葉の真意は、理友の母のことを本当に大切に思っていたとか愛していたとか、そういった意味だったのかもしれないが、それを喜んだり、嬉しいと感じるような気持ちには、まったくなれなかった。

（……そういうの、オレには一生、わからないかも）

そう独りごち、理友は口唇を尖らせた。

子供だと笑われてもかまわない。自分には理解できない。

宇喜多氏の気持ちも、彼との間に自分という子供まで産んでいる母の気持ちも。

もちろん、母のことは大好きだったし、今でも恋しい。死んでしまったことだって、とても悲しい。ときどき無性に会いたくなったり、声が聞きたくなったりするが、そういったことはなるべく考えないようにしている。考えれば考えるほど、悲しくなるからだ。代わりに、母と一緒にいた頃の、楽しかったり、嬉しかったことを思い出すようにしている。

母自身が幼い頃、父親と死別し、母子家庭で育ったこともあって、もう二度と会えない人を恋しがって泣くよりも、一緒に過ごした楽しい記憶を思い返すほうがいい、そのほうがずっと心が癒《いや》されるし、自分の励《はげ》みになると言っていたからだ。

そう思いながら、ふと理友は気づいた。

(ああ、そうか……もしかすると、それでママはオレの名前の由来しか父親の話をしなかったのかな？　ママにとって思い出すことがつらくない、話していて楽しい記憶って、リトモでのドライブしかなかったから)

そう考えると、すとんと腑に落ちたというか、納得できた。

宇喜多氏が助手席に乗せた女性は母一人だと打ち明けてくれたリトモでのドライブは、母にとっても息子の名前につけるほど思い出深いドライブだったのだろう。

そして、その宇喜多氏から譲り受けたリトモは、最近では榛名から運転を教えてもらって、理友もこっそり御殿場のガレージで運転するようになっている。

ただ、自分で運転席に座ってステアリングを握ってみると、あのリトモは本当にクセがあり、けっして乗り心地がいい車ではないとわかる。古いせいか、騒音がすごいし、やたらと車体が揺れるし、乗りこなすのは大変なのだ。それだけに、その独特なクセを個性として楽しめる人にはたまらない魅力があるらしい。それは車の運転が大好きな榛名が、夢中になっているのを見ていれば伝わってくる。

おそらくガレージに預けっぱなしになっても、ずっと手放すことができなかった宇喜多氏もそうだったんじゃないだろうか。

（うーん……でも、やっぱり、わかんないことも多いな）

自分の名前の由来となった車を見つけても、息子の名にするほど母の大切な思い出になったドライブの相手に会っても、母と宇喜多氏の間には、いったいどんなロマンスがあったのか、まるでわからなかった。

いずれ、自分に恋人ができれば——いや、自分が誰かを好きになれば、母の気持ちも自然とわかると思っていたが、いまだにわからない。むしろ謎は深まり、戸惑うことばかりだ。自分の気持ちさえも。

（だいたい羽田さんがあらわれてから、榛名さんとゆっくり会うこともできなくて、なんだかギクシャクしてるし……今夜はホテルに泊まろうって誘ってくれたけど、パーティーの間は、ちっとも一緒にいられなかったし）

そんなことを考えながら口唇を尖らせた理友は、ふと我に返った。

榛名の兄が去り際、榛名が迎えに来てくれると言ったのに、誰も訪れる気配がない。

もしかして忘れられてしまったんだろうか、と不安になった理友は、おそるおそる応接室のドアを開いた。キョロキョロと左右を見渡すと、廊下の奥から榛名の声が聞こえてきたので、ホッとして応接室を出る。

だが、すぐに榛名が一人ではないことがわかった。

エスカレーターで上がってきた榛名の、真後ろに立っているのは、どうしてここにいるのか、まったくわからない羽田だった。

（……な、なんで、ここに羽田さんがいるワケ？　しかも榛名さんと一緒に）

動揺のあまりに固まった理友に気づかず、榛名はついてくる羽田を振り返った。

「いい加減にしろよ、オレについてくんなって言っただろうが！　だいたい、どうしてサキがこんな場所にいるんだよ！」

「だから、さっきも言ったじゃん。榛名先輩に呼ばれたんだってば」

「知らなかったな、兄貴とおまえがそんなに親しかったとは」

「しょうがないだろう？　至恩学院だけじゃなく、留学先まで後輩になっちゃったんだから。しかも、どっちも卒業生の交流が盛んだから、何かと連絡を取り合うことも多くて……」

「知るかよ、そんなこと」

理路整然と答える羽田を遮った榛名は、さらに声を尖らせて言い返す。

「とにかく、兄貴に呼ばれたっていうなら兄貴のところに行けよ！　おまえが一緒にいると、理友がつまらない誤解をすんだろ！」

「それは誤解される峻が悪い」

「オレかよ！」

腹に据《す》えかねたように言い返す榛名に、クスクスと笑う羽田の声が答える。

「峻も変わったね。理友くんに誤解されると困るんだ？　昔はオレが目の前にいたって平気で女の子をお持ち帰りしてたのに……」

「昔の話を持ち出すなよ！　それって十代の頃じゃねーか」

そう吐き捨てた瞬間、榛名は廊下で立ち止まっている理友に気づいた。

「理友！　ごめん、迎えに来るのが遅くなって」

「う、うん」

「……あ、サキとは偶然、下で会ったんだ。オレは関係ない。兄貴に呼ばれたんだってさ」

あわてて駆け寄ってきた榛名は、理友の視線がのんびりと近づいてくる羽田に向けられると、急《せ》き込《こ》んで説明した。するとと羽田もにこやかに微笑む。

「そうなんだ、理友くん。僕が榛名先輩に用事があって電話したら、ここにいるから来いって呼びつけられちゃったんだ。だから、つまらない誤解はしなくていいよ」

「……別にオレ、誤解なんて」

「ほら、理友くんは誤解なんてしないってさ。峻の考えすぎじゃないの？」

ぼそっと答える理友に、それ見たことかと羽田は笑いながら榛名を見上げた。だが、榛名は憮然とした表情で羽田を無視すると、理友の手首をつかんで引きずるようにエスカレーターに戻ろうとする。しかし、すぐに羽田が後ろからついてきた。

「なんだよ、サキ。兄貴に呼ばれたんなら、さっさと兄貴んとこに行けよ」

「そうしたいのは山々なんだけどね。ここに着いた時に連絡したら、片付ける用事があるから待ってろってメールが返ってきただけで、居場所がわからなくて」

「だからって、オレについてくんな」

「だって、おもしろいし」

「おもしろがるな！」

榛名が苛立った声で言い返しても、羽田は堪える様子もなく飄々《ひょうひょう》と応じている。

はたで見ていても、のれんに腕押し、ぬかに釘《くぎ》だ。ぽんぽんと小気味いいくらいのテンポで言い合う二人は遠慮もなくて、理友にはすごく仲がいいように見える。

それこそ、幼なじみで従兄弟同士でもある龍樹や賢一のように。

龍樹と賢一が言い合っている時にも、理友は割って入れない空気を感じる。今もなんとなく似たような気分だ。自分には割り込めない空気が、彼らの間には存在しているのだ。

そう思い、理友はなんだか妙に落ち込んでしまった。

自分の目の前で龍樹と賢一が口ゲンカを始めても疎外感は覚えなかったが、榛名と羽田だと仲間外れにされているような気分になる。これも焼きもちなんだろうか。だけど腹が立つより、寂しさのほうが強い。今さら榛名の幼なじみにはなれないし、同い年や同級生にもなれないとわかりきっているせいだろうか？

すると、理友が沈んだ顔をしていると気づいて、榛名が心配そうに訊ねてきた。

「どうした、理友？　さっき、嫌なことでも言われたのか？　悪い話をするわけじゃないって兄貴が言ってたから協力したんだが……」

「だいじょうぶだよ。嫌なことなんて何も言われてない」

そう答えても、榛名は顔をしかめる。理友の返事が本当か、疑っているようだ。だが、嘘は言っていない。嫌なことなんて言われなかった。ただ、複雑な気持ちになっただけだ。けれど何も事情を知らない羽田まで、気遣うように理友の顔を覗き込んでくる。

「でも、なんか元気ないっていうか、浮かない表情だね。お腹が減ってるの？　パーティーのごちそうは食べた？」

あのレストラン、フランスの有名なシェフが腕を振るってるんだよ、と微笑みかける羽田は、まるで子供をあやすようだ。いくらなんでもひどいと、理友はムッとしてしまった。気遣いは有り難いが、子供扱いは腹が立つ。

ちょうどタイミングよく、レストランのある階まで来たこともあり、理友はさっさと一人でエスカレーターを駆け下りようとしたが、その腕を榛名が引き戻す。

「理友、パーティーには戻らないで帰ろうぜ」

「……え？　でも、いいの？　そんなに早く帰っても」

理友は思わず、榛名の顔をまじまじと見上げてしまった。なにしろ、目の前のレストランで開かれているパーティーは、いまだ宴《えん》もたけなわといったにぎやかさだったからだ。しかし、榛名は平然と答える。

「かまわないだろ？　もう理友を呼んだ用も済んだはずだし、義理は果たした。今夜はホテルの部屋を予約してあるんだ。どうせパーティーのブッフェなんか食った気がしないんだから、さっさとホテルに行って、ルームサービスでのんびりメシを食おうぜ」

「……うん」

そう言われ、理友も素直に頷いた。確かに宇喜多氏と会ったことで、すっかりパーティーを楽しむ気分は消えていた。それにパーティーのごちそうよりも、ホテルの部屋で榛名と二人、のんびりできるほうが嬉しかったのだ。

だが、理友が頷くと、榛名はすぐさまエスカレーターに戻ったが、あからさまに無視された羽田も気にせずに後をついてくる。

「なんだよ、サキ。おまえはパーティーに行けよ」

「榛名先輩が戻ってくるまでヒマだし、きみたちを見送ってあげる」

見送りなんかいらねえよ、気にするなよ、いらねえってば、とまたしても始まった言い合いを聞きながら一階に下りてくると、正面玄関から入ってきた榛名の兄に出くわした。

どうやら、宇喜多氏を見送って戻ってきたところらしい。こちらに気がついた榛名の兄は、すぐに訝しげな目を向けてくる。

「どうした、峻？」

「ちょうどよかった、兄貴。オレはもう帰るぞ。理友がちょっとヘナチョコになってるから、人が多いパーティーに戻るのはきつそうだし、早く休ませてやりたいんだよ」

そう告げて、榛名は後ろにいる理友を振り返った。

ああ、そうか、と頷きながら、榛名の兄も心配そうに理友に目を向ける。

「理友くん。今夜は申し訳なかった。あちらの事情で、きみには表立って会えないらしくて、便宜《べんぎ》を図ってもらえないかと頼まれたんだが……迷惑なら遠慮なく言ってほしい。もう二度と引き受けたりしないから」

「いえ、そんな……迷惑じゃないです。ちゃんと会って話せてよかったと思います」

こちらこそ、ありがとうございました、と理友は頭を下げた。自分のような年下の高校生が相手でも、丁寧に接してくれる榛名の兄には恐縮してしまう。

（……っていうか、やっぱり似てるよなあ、榛名さんとお兄さんって）

並んだ二人を見上げながら、理友はしみじみと思った。

この兄弟は、本当に面差しがよく似ているのだ。同じように整った顔の雰囲気だけ変えて、生真面目で堅苦しくすると兄に、明るく華やかにすると弟になるという感じだ。

性格も正反対に見えるが、実は意外と似ているような気がする。どちらも責任感が強くて、人を気遣う余裕や優しさがあるからだ。

榛名の兄が何かにつけて弟に文句を言うのも、それにいちいち榛名が反発するのも、愛情の裏返しに思えるし、そもそも互いに関心がなかったらケンカにもならないはずだ。もちろん、本人たちは絶対に認めようとしないだろうが。

(ま、つまり、どっちも素直じゃないんだよな……そんなところまで榛名さんも、お兄さんもそっくりなのかも)

そんなことを考えていると、遠慮がちに後ろに控《ひか》えていた羽田に、榛名の兄が声をかけた。

「羽田も悪かったな。ずいぶん待ったか?」

「いえ、それほどでも。峻がいたから時間つぶしもできたし」

にこやかに挨拶を交わす二人の横で、榛名は忌々しそうに吐き捨てた。

「……ったく、知らなかったよ。そんなに兄貴とサキが親しくなってるとは」

「親しいも何も後輩だからな」

「そうですね。至恩学院も留学先も卒業生の交流が多いから顔を合わせる機会も多いし」

羽田の説明に頷くと、榛名の兄は意味ありげに弟に目を向ける。

「それに、さんざん我が不肖《ふしょう》の弟が迷惑をかけていた幼なじみだと思えば、当然のことだが、兄としては借りを返したくなる」

「ちょっと待てよ、兄貴。いったい誰だよ、不肖の弟って」

「弟は一人しかいない」

「だったら、オレじゃん！」

榛名が不満そうに言い返しても、榛名の兄は肩をすくめるだけだ。

理友が我慢できず、ぷぷっ、と噴き出してしまうと榛名に睨みつけられたが、あわてて顔を引き締めようとしても、どうしても口元が緩んでしまう。目を向けてみれば、羽田も遠慮なく笑っていた。誰が見ても、やっぱり彼らはケンカするほど仲がいい兄弟なのだ。

しかし、不意に顔を背けた榛名は、一人で足早に正面玄関の外に出ていこうとする。

理友が追いかけようとしても、榛名はドアを押し開けながら言った。

「ここで待ってろ、理友」

「でも……」

「いいから待ってろ」

そう繰り返され、強引についていくのもためらわれ、理友は立ち止まる。

所在なさげにしていると、榛名の兄から声をかけられた。

「理友くん、ここで待っていたほうがいい。外は少し肌寒いから……それから、峻！　さっき、パーティーで紹介した弁護士には早めに連絡を取れよ。オレからも、くれぐれもよろしくと、念を押しておいたから」

いいな、と一方的に命じるように告げられ、榛名は珍しく苦虫を噛みつぶしたような表情になりながらも頷いただけで出ていった。兄に対して一歩も引かない、負けず嫌いの榛名が何も言い返さないことが珍しくて、理友が問いかけるように榛名の兄を見上げると、その横にいた羽田がにっこりと微笑んだ。

「よかったね。峻も忙しかった原因が解消されたら、少しはヒマになるんじゃない？」

意味がわからない理友がキョトンとすると、榛名の兄が肩をすくめた。

「個人輸入車のトラブルが長引いて、ずいぶん込み入ったことになっていたらしい。それで、そういったトラブルが専門の弁護士を紹介したんだ」

榛名の兄が説明してくれる横で、羽田が苦笑気味に言葉を添える。

「まったく、せっかく顔の広いお父さんやお兄さんがいるんだし、自分の手に余ると思ったら少しは頼るとか甘えればいいのにね」

「ふん。あいつはちっとも変わらない。いつまでたっても一匹狼というか、なんだって自分でやりたがる。だから、経営者には向かないんだ。いいから、さっさと外車ディーラーはやめて家業を手伝えばいいのに……」

「そうかなあ？　起業家としては、よくやってるんじゃないかな。峻に経営が向いてないのは同感だけど、元レーサーの知名度と運転テクニックを生かして輸入外車のディーラーなんて、目のつけどころは悪くないと思うし」

「オレは思わないな」

「榛名先輩は、峻には厳しいから」

羽田がにこやかに指摘すると、榛名の兄は顔をしかめて言い返す言葉を探している。

（……っていうか、お兄さんだけじゃなく、羽田さんだって充分厳しいよ）

つい理友は独りごちた。本人がいないと思って、どちらも言いたい放題だ。しかも二人とも榛名をよく知っているだけに容赦《ようしゃ》がない、と心の中で突っ込んでいると吹き抜けのアトリウムに大きな声が響いた。

「……待てってば、史生《ふみお》！　どこに行くんだよ」

思わず、声の聞こえたほうを見上げると、上からエスカレーターで下りようとしているのは、理友を展示室まで探しに来てくれた美術館スタッフの津田だった。

そして、その後ろで大声を出しているのは、やたらと背の高い男性だ。

きちんとスーツを着ているから今夜のパーティーの招待客なんだろうな、と思っていると、彼は津田の腕をつかんで強引に引き止める。

「待てよ、史生！　主賓《しゅひん》のオレをほったらかして、どこに行くんだよッ！」

「うるさいぞ、瑛《えい》。それにどこにも行かないよ。理事の岐一さんを呼びに行くだけだ」

「なんだよ、あの御曹司《おんぞうし》、そんなに史生のタイプなのか？　確かに、やたらと頭が切れるし、肩書きも学歴もハイスペックでモテそうだけど……でも、あと十年も待ってりゃ、オレだってあれくらい……」

「バカ！　もう黙れ、瑛！」

そう呆れ返った声で叱《しか》りつけて、津田はつかまれていた手を振り払った。

唖然《あぜん》として見上げていた理友の横では、榛名の兄が苦笑する。

「困ったもんだな、瑛くんは」

「へえ、彼があの？」

羽田が意味ありげに訊ねると、榛名の兄は苦笑を浮かべたままで頷いた。

騒いでいた青年を上に残したまま、津田が一人でエスカレーターを下りてくると榛名の兄はねぎらうように声をかけた。

「猛獣使い、ご苦労さま。いつも大変そうだな」

「勘弁《かんべん》してください。それはともかく、理事に会いたいというお客さまがいらっしゃるので、そろそろパーティーのほうに戻っていただけますか？」

「ああ、ずっと外していてすまなかった。もう少し待ってくれ。一応、峻が戻ってくるまで、理友くんを一人にするわけにはいかないから……」

そんなふうに言われ、気遣ってもらっていたと気づいた理友はあわてて首を振った。

「僕はだいじょうぶです。お気遣いなく」

いや、しかし、と親切な榛名の兄が困り出すと、津田は繰り返した。

「それなら、わたしがこちらに残りますから、岐一さんは早くパーティーに戻ってください。理事の一人がずっと不在では場が持ちませんし、戻るついでに上で見張っている大バカ野郎も連れていってください」

そう言うと、津田はエスカレーターの上を目で示す。

そこには津田に叱られていた背の高い青年が、いまだに階下の様子を気にしながら、今にもこちらに下りてきそうな様子で、ウロウロ歩き回っていた。どうやら、彼は津田が気になって仕方がないらしい。

すると、まだ迷っている榛名の兄を促すように羽田が口を挟んだ。

「榛名先輩、その人の言う通りですよ。オレはまだ何も食べてないし、さっさと行きましょう。それに峻が戻ってきたら、また文句を言いたくなるんだろうし」

「別に言わないぞ、文句なんて……」

どうかなあ、と羽田は苦笑しながら首を傾げて、榛名の兄の背中を押していく。

それを見送りつつ、理友も苦笑を浮かべた。同意したくはなかったが、羽田の言う通りだと思ったからだ。

榛名の兄は羽田を伴い、エスカレーターを上がっていくと、さっきの青年をなだめながら、パーティーが行われているレストランに戻った。

それを見上げていた理友は、彼らの姿がすっかり見えなくなってから溜息を漏らした。

こんな場所に来てまで羽田の顔を見ることになって苦々しい気持ちになっていると、津田に肩を叩《たた》かれた。

「ええっと、理友くん……でしたよね？　もうお帰りになるようでしたら、よろしかったら、こちらをお持ちください」

そう言うと、彼は案内所から取り出したバッグを手渡してくれる。透明なビニールの中には特別展のパンフレットと、さらにポストカードのセットが入っていた。

「……え？　いただいちゃっていいんですか、これ？」

「ええ、遠慮なくどうぞ。今夜、いらしていただいたみなさんに、お帰りの際にお土産《みやげ》としてお渡しするものなので。よかったら、その絵ハガキを使って、アルファの絵がお好きだというおばあさまに、お手紙でも出してあげてください」

「うわー、ありがとうございます！　手紙よりも今度、オレが会いに行った時、おばあちゃんにハガキをあげて、このパンフレットを一緒に見ることにします！」

「ああ、それはいいですね。直接、会いに行かれるほうが、おばあさまも喜ばれますね」

「はい！　ホントにありがとうございます」

にこやかに頷く津田にあらためて礼を言い、理友はパンフレットを胸に抱え込んだ。

そこに入っているポストカードは、あの有名な天使の梯子の絵だ。

きっと祖母も喜んでくれるに違いない。なにしろ、この絵があちこちで取り上げられるのを目にするたびに、故郷の海に似ていると言っていたくらいだ。

しかも今あらためて故郷に行き、同じ浜辺を歩いて同じ海を眺めても、こんなに美しいとは思わないかもしれないと言っていた。時の流れとともに街や人が変化するように、記憶にある風景も美化されて、現実とはかけ離れてしまったかもしれないと——そう呟いていた祖母は、アルファの描いた海に、もう二度と戻れない、美しい思い出の中にしか存在しない故郷の海を重ねていたのかもしれない。

（……だとしたら、人間も同じかな？　昔の恋人も美化されちゃうのかな？）

そう独りごち、理友は思い悩む。

どうしても榛名と羽田の間に、自分には割り込めない親密な空気を感じることに。

もともと幼なじみのせいなのか、それとも前は恋人だったせいなのか、榛名が何を言おうと、羽田はちっとも堪える様子がなかった。それは慣れているというか、榛名がどんな人間であり、どんな性格をしているか、把握《はあく》しているからこそ、何を言われても気にする必要はないのだとわかっているように見えた。

とどのつまり、すぐ近くで二人を見ていると、理友にだってわかるのだ。

榛名がやたらと羽田に冷たいのは自分を気にしているからだと。

突然、昔の恋人があらわれ、しかもよりを戻そうなんて言われているところを見てしまい、理友が動揺していると知っているから、わざと羽田に冷たくしているんだと。

けれど今は、そんな気遣いにいっそう不安になる。

榛名がどんな態度を取っても、それには理由があって、今は仕方がないことなんだと羽田が割り切っているようで、そんな余裕を感じることにも、なんだか苛立ってしまう。

(榛名さんは振られたって言ってたけど……でも、羽田さんのほうは謝りたいって言ってたし、今も榛名さんのことが好きなんじゃないかな?)

そんなふうに思ったら、自分は羽田に絶対かなわない気がする。

榛名のことを誰よりもよく知る幼なじみで、別れた後、周囲が心配するほど落ち込むような恋人だった人なのだ。かつての思い出も、ずいぶん美化されているかもしれない。

(だとしたら、二人の間に割り込んじゃったのは、オレなのかな? オレさえいなかったら、丸く収まるとか……むしろ、オレが羽田さんに榛名さんを返すべきかな?)

だが、そう思っただけで気が沈み、理友の口から深い溜息が漏れた。

するとパンフレットのバッグを抱え込んだまま、急に落ち込んだ様子で肩を落とした理友が気になったのか、津田が気遣うように声をかけてくれた。

「どうかしましたか?」

「え、ええっと……あの、なんだか、いろいろ考えちゃって」

「いろいろ？」

津田がさりげなく問い返してくるので、理友はずっと考え込んでいたことが無意識に口から
こぼれ出てしまった。

「別れた恋人とやり直せるものなのかなって……」

「え？」

「……あ、すみません！　いきなり、変なことを言っちゃって！」

驚いている津田に謝りながら、理友は真っ赤になった。

無関係な人の前で、あれこれと思い悩んでいたことを口に出してしまうなんて恥ずかしい。

言葉を飾らず、思っていることをストレートに口にするのは理友の長所だと言われているが、
時と場所、相手を選ばなかったら、ただの迷惑だ。

「ホントにごめんなさい！　ずっと頭の中でグルグル考え込んでたから……つ、つい、口から
そのまんま出ちゃって」

耳まで赤くなって恐縮する理友に微笑み、津田は励ますように答えた。

「いえ、ちょっと唐突で驚いただけです。かまいませんよ……それに十代だったら、いろいろ
考え込んでしまう悩みがあって当然ですよね」

「え、ええ、まあ……そうなのかな」

「そうですよ。わたしだって、十代の頃は悩み多き日々を送ってました」

こちらを気遣うように、そう言ってくれる津田は意味ありげな笑みを浮かべる。

少なくとも、今は落ちつき払った立派な大人に見える津田でも、十代の頃はいろいろ悩みがあったのかと思うと、なんとなく不思議な感じだ。

理友が首を傾げていると、津田はさらに励ますような笑みを向けてくれた。

「あなたのような年頃は、これだという答えを見つけられなくても、思い悩むことそのものに意味があると思います。たとえ、どんな悩みであっても考えに考えて、全力で考え抜くことが成長してから自分の力になりますから」

「……そうなんですか?」

「ええ。他の人の考えに耳を傾けても引きずられることなく、自分が納得できるような答えを探し続ける過程に意味があるんです」

なんだか偉そうなことを言ってしまいましたね、と苦笑気味に呟く津田は、きっと十代の頃に抱えていた悩みを、全力で考え抜いて克服したんだろう。そんな重みのある助言をもらい、理友はためらいがちに訊ねた。

「あの……津田さんは、どう思いますか? さっき、オレが言ってた……一度、別れた恋人とやり直せると思いますか?」

「わたしが、ですか?」

「はい……あ、だけど、こんな質問、迷惑だったら答えなくてもいいです、すみません」

津田から訝しげに問い返され、理友はあわてて言い添えた。

それでも、自分でも図々しいと思うが、彼の意見を聞いてみたかったのだ。

すると津田は腕を組み、しばらく考えた後で言った。

「そうですね。つき合っていた二人が別れる理由はいろいろあるから、一概《いちがい》には言えませんが、互いに嫌いになったわけじゃないとか、別れても気持ちが残っているとか……たとえば無理にあきらめたとかね……そういった場合は」

「そういった場合は？」

理友が先を促すように問い返すと、津田は目を逸らし、うっすらと微笑んだ。

「そういった場合には……たとえ、本人たちがやり直そうと思っていなかったとしても、再び、始まってしまうこともあるでしょうね」

やり直そうと思わなくても、再び、始まってしまう——予想もしていなかった言葉を聞き、理友は不安になってきた。淡々と語る津田の言葉には重みがあった。けれど、どんなことでも全力で考え抜くことに意味があるというなら、この不安な気持ちと真っ向から向き合うことに意味があるんだろうか？

自分の不安の根本をたどってみると、昔からの幼なじみで恋人といったら、理友の脳裏には龍樹と賢一のことが浮かんでくることが大きい。そして、おそらくは、かつての榛名と羽田も彼らのようだったに違いないと思えることが。

だから、理友が常に割り込めない絆を感じている龍樹と賢一のように、榛名と羽田の間にも入り込める余地がないように思えるのだ。

（なんか……オレ、勝ち目なし？）

理友が絶望的な気分で独りごちた時――アトリウムのガラス越しに車寄せに滑り込んでくるマセラティが見えた。見慣れた黒い車の運転席には榛名がいて、ガラスの向こうにいる理友を見つけると、すぐさまライトをウインクするように点滅してくれる。

いつもなら大好きなお決まりの合図だ。だが、なぜか今は信号が赤に変わる前、チカチカとせわしなく点滅するイメージと重なってしまうのだった。

「……理友、なんだか元気ないな？」

「そんなことないよ？」

顔をしかめる榛名に首を振り、理友はピッツァの皿に手を伸ばす。

都心の夜景が美しく見えるホテルの部屋で、ふかふかのカウチソファに座った二人の前には、ルームサービスで注文した料理がずらりと並んでいた。

子羊のローストにエビチリ、酢豚《すぶた》や水餃子《すいぎょうざ》、ピッツァや焼きおにぎりまで、フレンチや中華、イタリアンに和食と、無国籍というより、無節操に入り乱れている。なにしろルームサービスのメニューを開いた理友が、どれもおいしそうで決められない、と困っていたら、片っ端《かたっぱし》から榛名が注文してしまったのだ。

当の本人は並んだ料理をつまむ程度で、ウェルカムサービスで用意されていたシャンパンをグイグイと水のように飲んでいる。いつもは運転するのでほとんど飲まないが、今夜はここに泊まる予定だから、ここぞとばかりに飲んでいるようだ。

それにしても、ペースが速いけどだいじょうぶかな、お酒は強そうだから平気なのかな、と思いながら理友は窓の外に目を向けた。

美術館から眺めた夜景もきれいだったが、この窓から見下ろす夜景も素晴らしかった。

驚いたことに、榛名の運転するマセラティは美術館から出ると、近くにあるホテルではなく、少し離れたベイエリアに向かい、高層ビルの地下にある駐車場に滑り込んだ。

近くに兄貴がいるようなところは落ちつかないからな、と榛名は苦笑していた。

それにしても、ビルの一階にある入り口はひっそりと目立たず、何も知らなければ、ここがホテルのエントランスだとわからないだろう。だが、意外と小さいのかと思ったら大間違いで、専用のエレベーターで高層階まで一気に上がってくると、ビルの中にあるとは思えないような立派なロビーがあった。

しかも榛名は慣れた様子でロビーを通り抜けると、宿泊客しか乗れないエレベーターに乗り、高層階のメンバーズフロアに直行してしまう。どうやら、このメンバーズフロアに泊まる客は、いちいちチェックインをしなくてもかまわないらしい。

そして、たどりついた客室は、ごく普通のツインではなく、プレミアルームと呼ばれている広々としたジュニアスイートだった。

落ちついた色調で整えられた室内は、過度に豪華すぎることもなく品がいい。

見事な夜景が見下ろせる窓辺には、くつろげるようにゆったりとしたカウチソファがあり、隣の部屋にはふかふかの大きなベッドが二つ並び、その奥に夜景が楽しめるように窓のついたバスルームがあった。

物珍しさに客室を隅から隅まで覗き回った理友は、どうやら榛名にとってホテルに泊まってのんびりしようというのは、こういった贅沢な部屋に泊まることらしいと気づいた。

だが、すっごく高そうな部屋だと呟くと、榛名は笑って首を振る。このメンバーズフロアの会員になっている友人がいるから格安で泊まれるらしい。

けれど理友には、そんな友人がいることからして別世界だ。

美術館のパーティーでも感じたことだが、やはり榛名は資産家の御曹司なのだ。

よくも悪くも裕福な家に生まれ、何不自由なく成長して、あるのが当たり前のお金を使い、気後《きおく》れすることもなく、ごく自然に最高級の贅沢を楽しめる――美術館で再会した宇喜多氏もそうだったが、榛名も同じように、ありふれた庶民レベルの価値観しか持っていない理友には理解しがたいところがある。

（だって、食べたいものが選べなければ、あるもの全部、片っ端から頼んじゃえっていうのも、オレにはありえないもん）

そう独りごち、理友は無意識に溜息を漏らしてしまった。

すると、それに榛名がめざとく気づく。

「……なあ、理友、やっぱり元気ないんじゃないか？」

「ううん、別に……」

「疲れてんなら無理するなよ」

心配そうに気遣う声をかけられ、あわてて理友は首を振った。

けれど斜め横に座っている榛名は、長身を屈《かが》めるようにしながら理友の顔を覗き込む。

「うーん、なんとなく顔色もよくないかな？」

「そんなことないよ、普通に元気だよ。何を食べてもおいしいし」

そう答えても、榛名は疑うように首を傾げている。

「やっぱ、あれかな？　兄貴が珍しくオレに向かって頼みごとをしてくるから協力したけど、あんなふうに宇喜多さんに会わせるべきじゃなかった？」

「そんなことないって。あれには感謝してるよ。榛名さんにも、お兄さんにも」

あわてて否定しながら、理友は考える。

元気がないように見えるなら、その原因はおそらく宇喜多氏に会ったことではない。むしろ、あそこで偶然、羽田に会ってしまったことに違いない。すると、その考えが伝わったように、榛名が頬杖《ほおづえ》をつきながら呟いた。

「……だったら、まさか、まだサキのことを気にしてるのか？」

「べ、別に」

「ホントに？」

そう繰り返され、理友は黙り込んだ。図星だったからだ。

けれど嘘をつくのは嫌だし、正直に認めるのも腹立たしかった。しかも、まさか、まだ、と言われたことに傷つく。思わず、そんな簡単にこだわりを捨てられるはずがないじゃないかと心の中で言い返してしまう。

それでも、せっかく二人で過ごせる久しぶりの夜をつまらないことで台無しにしたくないと思い直した理友は、頭の中によぎった文句を胸の奥に飲み込んだ。

だが、そんな葛藤《かっとう》も、榛名には伝わってしまったらしい。

「……なあ、理友？　言いたいことがあるなら、はっきり言ってくれ。オレに文句があるなら、ちゃんと話してくれよ」

「文句なんて……」

「ホントにないのか？　何ひとつ？　まったく？」

　オレはそこまでパーフェクトな恋人じゃないだろう、と自嘲《じちょう》するように呟いた榛名は前髪を掻き上げて溜息を漏らす。

　そんなふうに言われてしまうと、もう理友も黙っていられなかった。

「別に、不満じゃないけど……ちゃんと話してくれないのって、榛名さんのほうだと思う」

「オレ？　オレが何を話してないって？」

「…………」

「理友？」

　先を促すように名前を呼ばれ、こんなことは言いたくなかったのに、と思いながらも理友は重たい口を開いた。

「……だって、榛名さんの仕事がすっごく忙しいとか、トラブルが起こってて大変だってこと、オレはなんにも知らなかったのに、なんで羽田さんは知ってるの？」

「サキが？　なんで？」

「知らないよ、オレだって……でも、さっき会った時に言われたんだ。榛名さんのお兄さんが専門の弁護士を紹介してあげたから忙しかった原因のトラブルも解決するだろうし、ようやく榛名さんもヒマになるんじゃないかって」

　そう告げると、榛名は大きく舌打ちをした。

「……ったく、兄貴も、サキも」

「でも、お兄さんが知ってるのはわかるけど、どうして羽田さんまで知ってるの？」

理友が拗ねた声で突っ込むと、榛名もうんざりした様子で肩をすくめた。

「むしろ、兄貴が知ってるほうがおかしいんだよ……っていうか、オレの会社関係の仲間も、もともとサキの友だちだから、おそらくサキはそっちから話を聞いて、兄貴に漏らしたんだ。それで兄貴がいらんおせっかいを焼いて」

「おせっかいって、お兄さんはよかれと思って紹介してくれたんでしょう？」

「それが、おせっかいなんだよ。オレの会社に兄貴は無関係だ」

榛名はいつものように自分の兄に噛みついた。

だが、この時ばかりは理友も黙っていられなかった。

「だったら、羽田さんだって無関係じゃん！」

「……理友？」

意外そうに見つめ返す榛名に、理友は苛立ちを募《つの》らせた。

どうやら榛名には、こちらの不満も、不安も、何も伝わっていないらしい。文句があるなら言ってくれ、と言いながら言葉にしただけでは伝わらないようだ。しかも睨むように見つめる理友を扱いかねたのか、榛名はなだめるように言った。

「おい、理友……そんな焼きもちを妬く必要はないぞ？」

「焼きもちじゃないよ」

「でも……」

「違うんだって！　焼きもちなんかじゃない。羽田さんに嫉妬してるわけじゃない……オレは、オレは榛名さんの言葉が信じられないだけだよ！」

叫ぶように訴えながら、そうじゃない、それだって違う、と理友は思った。

（……オレがこんなに不安になるのは、榛名さんを信じられないからじゃなくて、自分自身に自信がないせいだ）

そう思い、理友は歯がゆさに口唇を噛む。

どう考えても、羽田にはかなわない。絶対にかなわない。

幼なじみで親友でもあり、以前は恋人でもあって、ずっと離れていたというのに、今だって誰よりも榛名を理解しているように思える——そんな羽田を知れば知るほど、どう考えても、自分はかなわないと思う。

それこそ、榛名を取り戻したいと彼が本気で思っているなら。

そんなふうに考えるだけで胸が痛み、きつく口唇を噛みしめた理友がうつむいて黙り込むと、榛名は心配そうに名前を呼んだ。

「理友？」

「……ごめんなさい」

「いや、謝らなくてもいいんだ……だけど、どうしてオレが信じられないんだ？　その理由を教えてくれ」

　そう問い詰められて、理友は消え入りそうな声で答えた。

「榛名さんが悪いんじゃないよ」

「だったら……」

「だから、榛名さんが悪いんじゃない……榛名さんのことを信じられない、オレが悪いんだ。自分に自信がないから誰のことも信じられないんだ」

　理友がきっぱりと言い切ると、榛名は訝しげに首を傾げる。

「どういう意味だ？」

「どうって……つまり、自分に自信が持てるんだったら、相手のことは関係ないんだ。たとえ嘘を言われても、信用した自分が悪いんだってあきらめがつくし……だけど、自分の気持ちがグラグラ揺れてると、どんどん疑心暗鬼になって何もかも疑っちゃうから」

　そう答えつつ、理友は泣きたくなってくる。

　結局、榛名が悪いわけでも、羽田が悪いわけでもない。自分がふがいないだけだ。

　榛名が好きだったら信じればいい。羽田があらわれたって、ビクともしないような気持ちを持っていればいいのだ。本当に榛名が好きなら――だが、それができないから、こんなふうに榛名に八つ当たりをしているのだ。

しかし、そんなふうに自分を責めていた理友が、なんだか本当に泣きそうになっていると、榛名が独り言のように呟く。

「おまえの、そういうトコって立派だよな、マジで」

「……り、立派？　どこが？」

「だから人を責めないところだよ。いつも尊敬するよ、マジで今もしてる」

「そ、んけー？」

思ってもいなかったことを言われ、理友が鳩が豆鉄砲を食らったような顔でキョトンとしてしまうと、榛名は苦笑を浮かべる。

「もともと考え方っていうのか、物事のとらえ方が妙に大人びてるんだよな、理友は……まだ子供っぽいわがままを言ったっておかしくない年頃なのに」

そう言いながら、榛名は座り直して膝《ひざ》を組み、その上に頬杖をついた。

そして、じっと理友の顔を覗き込んでくる。

「……榛名さん？」

「オレが言いたいのはさ、誰だって自分に自信なんて、そうそう持てないってことだよ」

「そうなの？」

「ああ。オレだってそうだ」

「だけど、榛名さんは大人じゃないの？」

「大人だからって、自信満々になれるとは限らないだろう？」

そう言われ、理友は困惑する。

「で、でも、そりゃあ自信満々とはいかなくても……ちゃんと学校に行って勉強して、自分がやるべきことをきちんとやっていれば、いずれはどこに出ても恥ずかしくないような大人に、立派な大人になって、そうすれば自然と自分に自信が持てるんじゃないの？」

「そんなふうに考えてるのか、理友は？」

「うん」

「そっか」

素直に頷くと、榛名はどことなく苦笑を深めた。

何か言いたそうだったが、結局、何も言わずにグラスを手に取ると残っていたシャンパンを飲み干して、窓の外に見える夜景に目を向けながら呟いた。

「オレに言えるのは……年を取ったからって、大人になれるわけじゃないってことかな」

「どうして？」

理友が問い返すと、榛名は自嘲気味に口元を歪める。

「意味がないんだろう、年を重ねただけじゃ……オレがいい例だ。我ながら、立派な大人には程遠いと思うし、今だって理友をこんなに不安にさせてるし」

「……そ、そんな、榛名さんは」

「いいんだ。不安にさせたのは悪かった。謝るよ、オレも反省する。だから、理友もちゃんと言ってくれよ。頼むから、オレの前で言いたいことを飲み込まないでくれ。この前みたいに、訊きたいことがあるんだったら、なんだって答えるから」

榛名は真摯に告げると、まっすぐ真正面から理友を見つめる。

そんな視線を向けられて、理友は戸惑った。

つまらないことを闇雲に訊ねても、心の奥底にわだかまる不安は消えなかった。

それに、たとえ何を訊いてもいいと言われても、他人の心の中に土足で踏み込むようなことはしたくない。理友が迷いに迷って何も言えなくなってしまうと、榛名は困ったような苦笑を浮かべた。そして、話のとっかかりを探そうとするように訊ねてくる。

「ともかく理友が不安だってことは、この前の話じゃ足りなかったってことだよな？」

「……そうなのかな？」

「違うのか？」

理友が首を傾げてしまうと、榛名も問い返す。だが、よくわからなかった。

この前――夜のドライブをした時、榛名に訊ねたのは羽田のことだ。けれど、そんなことを確認されるほど信用がないのかと、反対に問い返されてしまった。

けれど、よく考えてみれば、榛名から問い返されたことで話題が変わってしまわなければ、他にも訊きたいことはあったのだ。

それを思い出して、理友はおずおずと訊ねてみた。

「ねえ、どうして羽田さんと別れちゃったの？」

「だから、それはこの前も答えたじゃん？　別れたんじゃなくて、オレが振られたんだって」

またそれか、という顔になりながら、それでも榛名は律儀に答えてくれる。

でも、理友は首を振った。

「だったら、どうして振られたの？　いつ？　いったい何があったの？」

つい問い詰めるような口調になってしまったが、ずっと気になっていたのは——理友の心に引っかかっていたのは、榛名が振られてしまった理由だった。

よりを戻したい、謝りたい、と羽田は言っていた。

つまり、榛名と別れたことを——振ったことを後悔しているんだろう。けれど、羽田という人物を知れば知るほど、理友にはどうしても彼が榛名を振るようには見えなかった。しかも、しばらく落ち込んで立ち直れなくなるような、傷つけるようなやり方で。

納得がいかない。ちっとも腑に落ちないのだ。

それが漠然《ばくぜん》とした不安の奥に、ずっと隠れていた疑問だった。

ようやく、それに気づいた理友が問いかけるような視線を向けると、榛名はさりげなく目を逸らす。テーブルの奥にあったシャンパンのボトルを引き寄せて、だいぶ気が抜けてしまった残りをグラスに注ぎながら考え込んでいる。

「……榛名さん？」

「ああ」

そう答える声が沈んでいて、理友はあわてて言い添えた。

「あ、あの、答えたくないことだったら無理に……」

「いや、答えるよ。約束したし」

「だけど……」

「だいじょうぶ。なんつーか、まあ、いろいろあったからさ……どこから話そうか、頭ン中で整理してただけだよ」

榛名は苦笑を浮かべると、グラスのシャンパンを飲み干した。

そうやって喉《のど》を潤《うるお》してから、あらためて口を開いた。

「サキと別れたのは事故の後だ。ほら、オレがレースを引退する原因になった……」

「えっ？」

「前に話したよな、レース中の事故で死にかけたって」

淡々と説明する榛名に頷きつつ、理友は意外な答えに目を丸くした。

オートバイのレーサーをしていた榛名は、レース中の事故で生死をさまよう大ケガを負い、それで引退したと聞いている。榛名の部屋には今も手放せないという、その事故を起こした時に乗っていたバイクが無残な姿をさらしているくらいだ。

フロントがつぶれ、あちこちが歪み、黒くすすけて焼けこげた痕跡《こんせき》まであるバイクを見れば、相当ひどい事故だったとわかる。だいたい、いまだに榛名の身体には痛々しい傷痕《きずあと》がいくつも残っているのだ。

「だ、だけど、事故の後って……まさか、そんなタイミングで？　ホントに？」

思わず、理友が問い返してしまうと、その口調に羽田への非難を感じ取ったのか、あわてて榛名が説明をつけ加えた。

「いや、事故の直後ってわけじゃないんだ。正確には事故った後で、なんとかリハビリして、オレはレースに復帰するつもりでいたんだよ……だけど、それに失敗した後だ。サキに愛想を尽かされたのは」

「……レースに復帰？　それに失敗って」

もう一度、理友は目を丸くする。そんな話は初耳だった。

でも言われてみれば確かに、優秀なレーサーだったという榛名なら、大ケガを負っても再び、レースに戻ろうとするのは当然かもしれない。

けれど、榛名は独り言のように呟く。

「……実はオレ、それまでデカいクラッシュの経験とかなくってさ。自分で言うのもなんだが、腕がいいっていうか、勘がよかったんで、それこそレースを始めてから一度も入院するような大ケガをしたこともなかったし」

榛名は淡々と呟きながら、記憶をたどるように目を閉じた。

「でも、あの時は……前を走る周回遅れをパスしようとした瞬間、突然、オレの前のマシンがスリップして避けようがなかったんだ。おかげで後続も巻き込んで、数台が絡み合ったまま、コースアウトして炎上だ」

場所がサーキットで医者が待機していなかったら、オレは間違いなく死んでたらしいよ、と榛名は肩をすくめる。

「だけど、危なかった、死にかけたって言われたって、結局は助かったし、リハビリをすれば、すぐにサーキットに戻れるって、オレは高《たか》を括《くく》ってたんだ」

そう呟くと、うつむいた榛名は溜息を漏らした。

それは、ひどく重い溜息だった。

榛名が黙り込んでしまっても、理友は何も言葉にすることができず、ただ静かに話の続きを待った。けれど一向に口を開く気配がないので、おそるおそる訊ねてみる。

「そんなに……復帰も無理だったほど、ケガがひどかったの？」

「いや」

ゆっくりと首を振って、榛名は顔を上げた。

そして、どことなく自嘲するような笑みを浮かべながら、自分の腰に手を当てる。それは、一番ひどい大きな傷痕が残っているあたりだった。

「もっともひどかったのは、ちょうどこのへんか……吹っ飛んだ時、背中から落ちて骨折して、脊髄損傷《せきずいそんしょう》で下半身麻痺《まひ》の可能性もあったらしい。サーキットからヘリで運ばれた先の病院で、オレが緊急手術を受けてる間、かけつけた家族は真っ青だったそうだ」

とかいっても、オレは手術が終わって意識が戻ってから、二週間は絶対安静で絶食ってのが一番キツかったんだけど、と榛名は茶化すように笑った。

だが、釣《つ》られて笑う様子もない理友を見て、榛名は肩をすくめる。

「それでも、オレはわりと順調に回復したんだ。とにかく早くサーキットに戻りたかったから、医者の言うことも真面目に聞いて、きついリハビリにも耐えて入院中に落ちた筋肉も戻したし、たぶん史上最速で復帰できるはずだった」

「だったら、どうして？」

理友は首を傾げた。まったく、わけがわからなかった。

榛名の言う通りだとしたら、どうしてレーサーとして復帰できなかったんだろう？

すると、うつむいた榛名は呟くように答えた。

「ようやく医者の許可も下りたんで、チームのガレージに顔を出して、ひとまず身体慣らしに乗ってみるかって、マシンに近づいたら……自分でも信じられなかったんだが、なんだか足が震えて動けなくなっちまって」

そう話すと、榛名は片手を顔に押し当てて、くぐもった声で続ける。

「もちろん、最初は気のせいだと思ったし、久しぶりだから武者震いだと思ったんだ。それで強引にマシンに跨《また》がったら……足が竦んで、まともにスロットルも握れないし、全身が震えて、冷や汗まで出てきて」

それから何度、試しても、マシンに乗ろうとするたびにおかしくなって、そうとわかったら、今度は乗ろうと思っただけで動悸《どうき》が激しくなって、うまく呼吸もできなくなって、と呟く声も震えていた。

思わず、理友は立ち上がって榛名のすぐ隣に座ると、顔を覆った手を引き寄せる。

「もういいよ、榛名さん、わかったから」

「……いや、まだ話してないんだ、肝心《かんじん》なところは」

「でも、わかったから……！」

「わかってないよ、理友は何も。肝心なのは、ここからなんだ」

喘《あえ》ぐように言い返す榛名の顔は青褪《あおざ》めていた。それを見て、これ以上、この話をさせるのは酷《こく》だと理友は悟った。

だが、それでも榛名は自嘲するような笑みを浮かべながら続ける。

「医者は、事故の後遺症だと……いわゆるＰＴＳＤ、心的外傷後ストレス障害だとか、勝手な診断を下して、無理にバイクに乗ることはないとか言いやがって……でも、バイクに乗れないオレに生きてる意味なんかなかったんだ」

「そ、そんな……」

理友が反論しようとしても、榛名は頑固《がんこ》に首を振る。

「いいから聞けよ。最後まで聞いてくれよ、理友……こんなクソみっともねえ話、オレだって二度とするつもりはない。これが最初で最後だと思って、黙って聞いてくれ」

「――わ、わかった」

榛名の声があまりにも真剣だったので、理友は反論できなかった。

それに、最初に訊ねたのは――榛名が今まで語ろうとしなかった話を聞きたいと願ったのは、他の誰でもない自分だった。

すると素直に頷いた理友に微笑み、榛名はつかまれていた手を指を絡めるように握り直すと、あらためて口を開いた。

「……とにかく、一刻も早く復帰するつもりだったのに、そんなことが原因で難しくなって、乗っちまえばなんとかなると思っても、強引に跨ってエンジンをかけようとした途端、マジで視界がブラックアウトして……結局、無理に乗ったあげく、また骨を折って」

「ま、また？」

「おかげさまで病院に逆戻りだ」

目を丸くする理友に、榛名は苦笑混じりに頷いた。

そして、重ね合わせた互いの手を握りながら力のない声で呟く。

「さすがに……オレも、もうダメだとわかった。オレは二度とバイクに乗れないんだと悟って、人生になんの目的もなくなっちまって……それからは、ヤケになって荒れに荒れたよ。とても理友には言えないような毎日だった」

そう呟きながら、榛名は自嘲するように笑う。

「今、思い出しても最低だった。あの頃のオレは……家族にも八つ当たりして、兄貴とは顔を合わせるたびに怒鳴り合いになって、何度も本気で殴り合ったし、サキにだって何かというと食ってかかってた」

いつだって、あいつが一番近くにいて、なんだって言える相手だったたし、と呟くと、榛名はチラリと理友を見る。

「……さすがに呆れたか？」

「ううん」

理友は自分を映す瞳を見つめ返しながら首を振ると、榛名に抱きついた。

「つらかったんだね、榛名さん」

そう耳元で告げると、しがみついた両腕に力を込める。

すると、榛名も抱きしめてくれた。

黙ったまま、抱き寄せた腕に力を込めて、ぎゅっときつく——たった、それだけのことでも、榛名が本当につらかったんだと伝わってくる。

バイクが好きで、レースが好きで、サーキットで走ることだけを生き甲斐《がい》にしていた人が、事故に遭い、生死をさまようような大ケガをして、それでも復帰しようとしたのに、自分にはどうにもできないことで断念したなんて、どんなにつらかっただろう。

もちろん、だからといって周囲の人に当たり散らしていいはずもないし、ヤケになったり、荒れた生活を送っていいはずがない。でも、そうしなければ耐えられないほど、その頃の榛名はつらかったのだ。理友にわかるのは、それだけだった。

それに、こうやって振り返った時、あの頃の自分は最低だったと言うことができる榛名は、当時の自分の愚《おろ》かさを、とっくに自覚している。他人があれこれ言う必要などない。ましてや責めることなど、もってのほかだ。

誰よりも榛名自身が自分を責めているのだから。

そう思い、理友が回した手にいっそう力を込めると、榛名は生真面目な口調で続けた。

「……今さら、言い訳するつもりはないんだ。でも、あの頃のオレはバイクに乗れなくなって、自分の人生が八方塞《はっぽうふさ》がりになったように思えて途方《とほう》に暮れていた……だけど、そんな時でも、サキだけはそばにいてくれたんだ」

どんなにオレが荒れて、ヤケを起こしまくって八つ当たりをしても、いつだってそばにいて、オレのことを一番わかってくれるのはサキだった、サキだけだったんだ、と告げる榛名の声を聞きながら、理友は無意識に顔をしかめた。

そんなことは聞くまでもなく、わかっていたからだ。

けれど、どんどん複雑な気持ちになっていく理友には気づかず、そっと互いの身体を離した榛名はソファにもたれかかって話を続ける。

「でも、ある日、急に連絡が取れなくなって……最初は気にしていなかったんだが、そのうち、おかしいと思い始めて、しばらくして、ようやく人づてに海外に行った、留学したらしいってわかって」

「……何も知らなかったの？」

「ああ、まったく」

理友が訝しげに問い返すと、榛名は溜息混じりに頷いた。

「はっきりいって寝耳に水だったよ。最初は振られたことにも気がつかなくて、めちゃくちゃ腹立てまくって、そのうち、一人で怒ってるのもバカらしくなって……ようやく頭が冷えて、捨てられても当然だったとわかった」

おかげで、落ち込んでるというよりもカラッポになってしばらく腐抜けてたんだ、と榛名は苦笑する。だが、ふと疑問に思った理友は首を傾げた。

「でも、それでも榛名さんは、そこから立ち直ったんでしょう？」

「うーん、どうかな？　立ち直ったんじゃなくて、どっちかっていうと飽きたんだ、オレは。だらだらと無為《むい》に過ごしてることに」

「……飽きる？」

「ああ、飽き飽きしたんだよ。立ち直ったとか、そんな上等なもんじゃない。とどのつまり、ガキの頃からずっと、どんな時だってオレの味方だったサキにまで見捨てられるような自分にうんざりしたんだ」

そう吐き捨てるように言って、榛名は苦笑を浮かべる。

けれど、なんだか理友は胸がざわついた。

よくわからないが、落ちつかない。ざわざわした感じがする。

どこか遠くで、けたたましくサイレンが鳴り響いているような感じだ。

ただ、どうしてこんなに胸が騒ぐのか、理由がわからなくて困惑していると、溜息をついた榛名がさらに言った。

「ともかく、オレがサキに振られたっていうのは、共通の友だちが多いだけに仲間内の誰もが知ってるからさ。そのせいで、どいつもこいつもいらん気を回して、やたらとオレのところに来るんだよ」

そうやって代わる代わる昔の仲間が誘いに来るようになって、オレだって家に閉じこもって塞《ふさ》ぎ込んでいるのは性に合わなかったから一緒に遊びに出るようになって、そのうち、二輪は無理でも四輪は運転できるってわかってさ、と榛名は微笑む。

それは間違いなく、当時の榛名にとって一条の光だったんだろう。

レーサーとして復帰できないとわかっても、真っ暗闇で先の見えない迷路の中で、ようやく抜け出す糸口を見つけ出したような気分だったに違いない。

「まあ、それで整備関係の仲間とつるむうちに、その一人が独立することになって、オレにも一口噛まないかって声がかかってさ。渡りに船で今の会社を興《おこ》したんだよ」

「すごいね、榛名さん。そんな経緯で社長になったんだ?」

「いや、ちっともすごくないって」

結局のところ、オレが働くってゆーんで親父が出してくれた金と、レーサー時代の知名度があったから社長って肩書きをもらって表に立っただけだし、と榛名は理友の賞賛を受け流して、そっけなく首を振るが、それでも感慨深く呟いた。

「とかいっても、自分でも信じられないな。最初はちっさいガレージの整備工場から始めて、なんとか横浜にショールームを持てるようになったと思ったら、合併《がっぺい》話が転がり込んできて、支店まで持つようになるかもしれないって」

「……合併?　支店?」

理友が問い返すように呟くと、榛名は苦笑気味に頷いた。

「そうなんだ。ここんとこ、ずっと忙しかったのは、他の会社との合併話があったせいでさ。この話がうまくまとまると県外にも支店ができる……ただし、合併する前に相手先が抱えてる輸入外車のトラブルを解決しないとマズいんだけどな」

そう言われ、理友は気づいた。

「あ、だから緊急事態って呼び出されたり、徹夜でトラブル処理してたんだ?」

「まあな。おかげで待ったナシのことが続いてて、しばらく理友のことが後回しっていうか、ほったらかしになってて悪かったよ、ごめんな」

「ううん、それはいいけど……しょうがないことだし」

生真面目に謝られ、理友が首を振ると、榛名が苦笑を浮かべた。

「おい、待てよ。しょうがないってことじゃないだろう? 恋人なんだからさ。理友だって、この前は連絡ないって怒ってたじゃないか?」

「でも、理由がわかれば……ちゃんと教えてくれれば、オレは怒ったりしないよ。誰だって、事情があって、どうにかしたくても、どうにもできないことってあるし……そんな時に勝手なわがままなんて言えないし」

「おいおい、理友。こういう時に事情のあるなしなんて関係ないぞ? それに子供だからこそ、わがままを言ったっていいんだ」

そんな榛名の突っ込みに、理友は首をひねった。

祖母と母しかいない家庭で育てられたこともあって、理友は基本的に聞き分けがいい。

母は働いていたので、幼い頃から大人の邪魔はしてはいけない、自分のことは自分でするとと厳しく躾《しつ》けられ、子供だからといって過度に甘やかされることはなかったのだ。

だが、榛名は苦笑を深めながら、それでも繰り返す。

「いいんだよ。理友が我慢《がまん》することなんてないんだ。しょうがないことなんかない。オレには、わがままを言って困らせたっていいんだよ」

「……で、でも」

「ホントに、いいんだってば。もちろん、誰にでもわがままを言えって言ってるわけじゃない。だけど、オレには言ってくれよ、理友。オレだけには」

「……榛名さん？」

理友が訝しげに視線を向けると、榛名は意味ありげな苦笑を返した。

「サキは……オレとつき合ってた頃のサキは、なんにも言ってくれなかった。いや、もちろん、言ってもらわないと相手の気持ちもわからないオレにも問題があるんだろうが、あんな失敗は二度としたくないんだ」

そう呟いた榛名はあらためて理友の手を引き寄せ、ぎゅっと力を込めて握った。

「頼むから、不安を溜め込まないでくれ、理友……オレはパーフェクトな人間じゃないから、理友を不安にすることもあるだろう。でも、そんな時は絶対、言ってほしいんだ。言われても困るだけかもしれないが、その時は一緒に考えよう」

「一緒に？」

「ああ、二人で一緒に」

問い返した理友に、榛名は力強く答える。そして、さらに言った。

「だって、恋人ってのはそういうもんだろう？」

「……そうなの？」

「少なくとも、オレはそう思う」

榛名は、そう断言する。

それを聞いて、なんとなく理友は嬉しい気持ちになった。

すとんと胸の奥まで届くような、心の奥まで響いてくるような言葉だったからだ。

「なんだろう？　なんだか、すっごく嬉しいね、そういうのって……オレ、榛名さんの恋人になれてよかったなあ」

理友が素直に喜ぶと、榛名がおもしろがるように微笑んだ。

「オレの恋人になってよかったか？」

「うん」

「オレも理友が恋人になってくれてよかったよ」

「ホントに？」

「ああ。マジマジ。超マジで」

榛名は微笑みながら理友を引き寄せて、軽々と膝の上に抱き上げる。

そして、互いの額を押し当てながら楽しそうに囁く。

「一目惚れだったって言ったよな？　オレはサキに振られてから、もう二度と誰ともまともにつき合う気になれなかったのに……だけど、理友だけは例外だったんだ」

そんな甘い囁きを耳朶《みみたぶ》に注ぎ込まれ、理友はくすぐったいような、嬉しい気持ちになったが、それでも、じゃれつくように問い返した。

「ねえ、榛名さん。オレはどうして例外だったの？」

「そりゃあ、もう無防備で、こっちが必死で予防線を張って堪えてるのに、それを蹴散らして無意識に誘いまくりだったからだろう」

「そ、そんなことしてないよ！」

「したって」

「してないよ！」

「自覚がないから質《たち》が悪いんだよ、理友は……特に、オレみたいなヤツには」

意地になって否定する理友を抱きしめたまま、楽しそうに榛名は囁く。

「まだガキのくせに、大人みたいに知恵が回って小賢《こざか》しくって……それでも、すっごく純粋で、どんな時でも自分の足で踏ん張って、頑張ってる姿を見たら、もっと好きになった」

「……榛名さん？」

「理友のことを知れば知るほど、どんどん好きになるよ」

そう囁いて、ふわりと口唇が重なってくる。

そっと重なっただけで、すぐに離れてしまいそうになって、理友が少し残念に思っていると、再び、熱い吐息が間近に感じられて、あらためて口唇が重なってきた。

優しいキスを繰り返しつつ、大きな手のひらがゆっくりと頬をくるみ込み、首筋をたどって髪を撫でてくれる。

榛名はキスがものすごく上手なのだ。

ちょっと肉厚な口唇も、やわらかくて気持ちがいい。

ほのかに漂ってくる、さわやかな甘い香りはシャンパンだろうか。

触れては離れ、離れては触れて、角度を変えながら何度となく繰り返されるキスの甘さに、理友は夢心地になっていく。

他の誰ともキスをしたことがないから、比較することはできないけれど、もう一生、理友はこの極上のキスしか知らなくてもいいと思ってしまう。

そして、いつの間にか榛名の腕に軽々と抱え上げられ、理友はベッドまで運ばれていた。

「ん、んんっ……」

ベッドに下ろされ、理友が鼻にかかった甘い声を漏らすと、さらにキスが深くなり、淫《みだ》らになっていく。なにしろ理友はキスだけで精一杯なのに、榛名は余裕たっぷりなのだ。口唇から耳元、首筋にもキスを繰り返しながら、慣れた手つきで理友の服も剝《は》いでしまう。

「あっ……は、榛名さんっ……あっ、ん」

「いい子だから、理友。ちょっと腰を上げてみな」

「んんっ」

促されるままに腰を浮かした途端、するりと身体の下に残っていた服を引き抜かれ、理友はあっという間に生まれたままの姿にされてしまった。

だが、榛名はほとんど着衣を乱しておらず、理友は恥ずかしさに身をくねらせた。それでも、あらわになった裸身をたやすく押さえ込んでしまうと、覆《おお》い被《かぶ》さった榛名は力の抜けた両脚を左右に押し開いていく。

「や、やだっ……そ、そんなトコ！　じ、じっと見ちゃ、やだっ」

「なんで？　可愛いのに」

「ああっ、んっ！」

理友が半泣きになっても、榛名は微笑むばかりだ。

そして、すでに両脚の間で目覚めていたものを覗き込むように顔を伏せると、ぱくりと口に咥《くわ》え込んでしまう。すっかりと敏感になっていたものは、ためらいもなく熱い口腔《こうこう》に包まれ、きつく吸われるだけで気持ちがよくて、くらくらと目まいがする。

「あ、ああっ……は、榛名さんっ！」

ダメだよ、もういっちゃう、出ちゃうよ、お願いだから、と理友が泣きじゃくっても榛名はちっとも耳を貸してくれなかった。

カチカチに固くなった性器をしゃぶりながら、その下にある双玉も手のひらでくるみ込んで揉《も》みしだき、さらに両脚の奥に隠れている窄《すぼ》まりまで探り出す。

こんなふうに過ごすのが久しぶりということもあって、榛名は慎重だった。

しかも、やたらと執拗《しつよう》でもあった。

焦《あせ》ることなく、たっぷり時間をかけながら前後を嬲《なぶ》られ、今にも達してしまいそうになった理友が息も絶え絶えになっても、少しも愛撫《あいぶ》の手を緩めてくれなかった。

そして、感じるたびに敏感に腰をくねらせる裸身を可愛がりながら、きつい窄まりを唾液を絡めるように舐め上げて、そのぬめりを借りつつ、ゆっくりと指先を沈めてくる。

「……あっ、ああっ」

「痛い？」

理友が無意識に声を漏らすと、榛名が顔を上げて訊ねた。

そして、まるで痛みを散らすように、ちゅっと音を立てて性器の先端にキスをする。

「……ああっ、ん」

「理友？　痛いのか？」

「ん、んんっ」

もう一度、訊かれても、理友は答えるのが恥ずかしくて、嫌々と首を振るばかりだった。

痛いわけじゃない。痛みとは違う。むしろ、痛いほうがマシかもしれないと思う。とにかく、

たまらなく恥ずかしかった。こんな恥ずかしいことをされているのに、少しも嫌じゃなくて、気持ちいいと思っていることが何よりも恥ずかしい。

けれど、榛名はしつこく訊ねてくる。

「なあ、理友、答えてくれよ。痛いのか？」

「……んっ」

「理友？」

何度、訊かれても喘ぐばかりで、恥ずかしくて答えることができない理友に業《ごう》を煮《に》やして、榛名は質問を変えてくる。

「だったら、理友……気持ちいいか？」

「あ、ああっ、ん！」

すると、そう訊かれた途端、理友の身体のほうが正直に反応してしまった。

窄まりに沈んでいる指を、ぎゅうっと締めつけてしまったのだ。

しかも、はち切れんばかりに固くなっている性器の先からは、とろんと先走りの透明な雫《しずく》があふれてしまう。これでは返事をしなくても答えてしまったようなものだ。

もちろん、そんな反応を榛名が見逃すはずもなかった。あまりの恥ずかしさに耳まで真っ赤に染まっている理友を見下ろしたまま、榛名は満足そうに微笑んだ。

「……そっか、気持ちいいんだ、理友？」

「も、もう訊かないでよ」

「なんで?」

「はっ、恥ずかしいじゃん!」

顔を背けた理友が拗ねた口調で言い返しても、榛名は楽しそうに笑っている。

それが、やたらと悔しくて、理友はムキになって言い返した。

「榛名さん、意地悪だよ、いちいち訊いてこないでよっ」

「いいじゃん、訊きたいんだよ」

「そ、それって趣味悪いっ」

「そんなことないって」

榛名は、にこやかに笑みを浮かべながら首を振る。

間接照明の淡い光でもわかるほど、きれいに整った顔は微笑んでいた。

だが、素っ裸になっている自分の両脚の間に膝をつきながら、そんなことを言われたって、理友はいっそう赤くなるばかりだ。顔や耳だけにとどまらず、身体中がかっかと燃えるように熱を持ってしまう。しかも両脚の間でも、たっぷりと嬲られて天を向くほど固くなった性器も淫らな熱を帯びている。

こんな時に、顔が赤いとからかわれたら恥ずかしさに憤死《ふんし》してしまいそうだ。

しかし、榛名は笑顔のまま、なだめるように囁いた。

「いいから、ちゃんと答えてみろよ。意地を張ってないで」

「意地なんか張ってないっ」

「だったら言ってみな。いいって正直に言ったら、もっと気持ちよくなるぞ?」

そんなふうに微笑みながらそそのかし、榛名はあらためて理友の両脚の間に顔を伏せると、天を向いている性器に舌を伸ばした。

ぺろり、と熱い舌先で舐められるだけで、理友の全身はビクビクと震えてしまう。

大きく息を呑むと、さらに唾液を絡めるように舐め上げられ、はち切れそうになった性器は、いっそう熱を帯びていく。

「……んっ」

「ほら、理友……言ってみな。気持ちいいって」

「ん、ん、んんっ」

堪えているつもりでも勝手に声が漏れてしまうのが恥ずかしくて、あわてて口元を押さえた理友は目をつぶって嫌々と首を振った。

そうでもしなかったら、今にも白状してしまいそうだったのだ。

舐めてもらっているのが気持ちがよくてたまらないと。

しかも、どうしても我慢することができず、はしたなく感じてしまうたびに背筋がくねって、ねだるように腰が揺れてしまう。

いつの間にか、理友は仰向《あおむ》けになって腰を高く浮かしたまま、膝が肩につくほど身体を二つに折り曲げられていた。あられもなく開いた両脚の間では、榛名が顔を伏せ、手や口を使って淫らな愛撫を施している。

結局、榛名はどこにキスをするのもうまいのだ。

おかげで、理友は気がつけば、前も後ろも淫らに濡《ぬ》れそぼっていた。

きつく口唇を噛み、両手で口を押さえ込んで、恥ずかしい声を出さないように我慢しても、両脚の間をそんなに濡らしているのを見られてしまえば、感じていることは隠せない。

しかも理友の頭の中では、グルグルと同じ言葉ばかりが回り続けていた。いい、すごくいい、気持ちいい、と。

「あ……あっ、んんっ、んっ」

ひっきりなしに先走りの透明な雫を浮かべている性器を、ねぶるように熱い舌でしゃぶられ、思わず、甲高《かんだか》い声を漏らしてしまうと、もう堪えることはできなかった。

理友は必死に身をくねらせ、榛名の手から逃れようとしたが、その動きさえ刺激となって、目の前が真っ白になる。

「ああっ、あ――あああ、あっ……」

気づけば、理友はあられもない声を放ちながら達していた。

一人で達してしまうのは嫌だと思う暇もなく、あっけないほど簡単に。

やたらと気持ちがよかったとはいっても無性に悔しくて、理友はせわしなく息を継ぎながら、あふれてくる大粒の涙を両手で拭《ぬぐ》った。すると、理友の放ったものを受け止めた口元を平然と拭っていた榛名が、機嫌を取るように顔を覗き込んでくる。

「久しぶりだし、ちょっときつかったか？」

「……い」

「ん？」

「ず、ずるいよっ、榛名さん！　また飲んじゃうし！」

首を傾げながら優しく問い返され、理友はポカポカと榛名の胸を叩いた。

だが、まるで力の入っていない拳《こぶし》をくるむようにつかんで、榛名は楽しそうに笑うばかりだ。

「嫌だった？」

「やだよ、やだって言ってるじゃん、いつも！」

「けっこう好きなんだけどな、オレは」

「オレはやだっ！」

からかうような笑いを含んだ声で言われ、理友は憮然とした顔で言い返した。そして両手を伸ばすと、榛名の首筋に甘えるようにしがみついて訴える。

「オレ、一人でいっちゃうのが嫌なんだ……一緒がよかったんだよ、榛名さんと」

「そっか」

「うん」

「悪かった」

「ん」

理友が素直に頷くと、榛名も抱きしめてくれた。

あたたかな腕の中で抱え直され、膝の上に乗せてもらい、あやすように揺すられていると、ふわふわとした幸せな気分になってしまう。

でも、榛名に気持ちよくしてもらうのは好きだけど、一人で気持ちよくなってしまうのは、苦手なのだ。そういった自分の気持ちをもっとうまく伝えられたらいいのに、と思うのだが、言葉はいつも難しい。

ありのままの自分の気持ちをシンプルに、飾りのない言葉でストレートに伝えたいと思うと、好きとか大好きとか、いっそうありふれた平凡な言葉になってしまう。本当に好きで、好きでたまらないのに、恋人のどこが好きで、どんなふうに好きなのか、それを言葉で伝えるのは、いつだって至難《しなん》の業《わざ》だ。

けれど、それでも黙っていたら——言葉にしなかったら、絶対に伝わらないから。

「榛名さん、好き」

理友は消え入りそうな声で告げた。

額を押しつけながら、互いの吐息を感じる距離で。

唐突だったせいか、榛名は怪訝な顔になるが、理友はさらに呟く。

「……ただ、言いたかっただけなんだ。大好きだよ、榛名さん。ちょっと意地悪だし、いつも恥ずかしいことばっか言うけど」

そんな文句をつけると、榛名が楽しそうに言い返す。

「なんだよ、恥ずかしいことって……気持ちいいことだろう?」

「違うよ、恥ずかしいことは恥ずかしいことだよ」

「この意地っ張り」

「オレが意地っ張りなら、榛名さんは意地悪だからね」

じゃれつくように、たわいもないことを言い合いながら、二人は互いの鼻の頭を押し当てて、触れるばかりの気持ちのいいキスを繰り返す。

そうするうちに、ふと理友は気づいた。

自分の身体の下で、すっかりと固くなっている欲望の存在を。

思わず、そっと手を伸ばしてみると、服の下ではっきりと榛名のものが形を変えていた。

「ねえ、榛名さん……これって、きつくない?」

おずおずと訊いてみると、榛名はいたずらっぽい笑みを浮かべた。

「すげえ、きついよ」

「……ええっと、オレ、出してあげようか?」

「マジで?」

「うん」

理友は頷くと、榛名のウエストに手を伸ばし、おぼつかない手つきながらベルトを外して、しわだらけになっているスラックスのフロントを開こうとする。だが、自分の服を脱ぐよりも難しくて、ちょっと手間取ってしまうと、榛名が苦笑気味に溜息を漏らした。

「なんだよ、理友……これって焦《じ》らしプレイか」

「ち、違うよ!　わざとじゃないよ、このボタンが固くって……」

「こっちは窮屈《きゅうくつ》で死にそう」

「それは榛名さんが大きくしたせいじゃん」

「おっと、聞き捨てならないな。だったら小さいほうがよかったのか、オレの……」

「あー、もう黙っててよ!　恥ずかしいことばっか言って!」

そう言い返し、理友は真っ赤になりながら、ようやく榛名のものを楽にしてやった。

するとフロントのボタンを外し、ファスナーを慎重に下ろしてから、スラックスごと下着も一緒に脱がしてやっただけで、カチカチに固くなった灼熱《しゃくねつ》の欲望は、着衣の中から弾《はず》むように飛び出してくる。

理友が目を丸くすると、榛名はあらためて大きく息を吐きながら微笑んだ。

「あー、まいった。誰かさんがアンアン可愛い声を出すから、もう……」

「だから、いちいち恥ずかしいことを言わないでよ！」

「しょーがねえだろう、久しぶりなんだし……こっちは健康な成人男子なんだぞ？　目の前で恋人がマッパで可愛いことしてたら、めいっぱい暴走するさ」

「開き直ってるし！」

理友が減《へ》らず口《ぐち》を叩くと、榛名は笑いながら手を伸ばしてきた。

ベッドの上で互いにじゃれ合うように声を上げて笑いつつ、あらためて向かい合って膝の上に乗せられる。大きな手のひらで素肌を撫でられ、くすぐったいような、気持ちがいいような感触を味わっていると、ぎゅうと抱きしめられて熱い吐息が耳元をかすめる。

「もー、やばい……入れてもいいか、理友？」

「いいよ」

そう答えながら、理友も両手を伸ばして榛名を抱きしめた。

ゆっくりとシーツに下ろされ、仰向けになった理友の上に榛名が覆い被さってくる。

あらためて両脚を抱え上げられて、恥ずかしいと思うよりも先に、濡れた窄まりを確かめる指先を感じて、切なげな吐息が漏れてしまう。

「……んっ」

「痛かったら言えよ」

「だ、いじょうぶ」

榛名は気遣うように、理友の顔を覗き込んでくる。

その熱を帯びた瞳は真剣で、それでいて切羽詰《せっぱつ》まっていた。

きっと早く入れたいんだと思うと、どんどん頬が熱くなるが、それは恥ずかしいからなのか、自分も欲しいからなのか、よくわからなかった。

ただ、胸が苦しくなるほど嬉しかった。大好きな人から求められていることが。

さっき、達したばかりの理友まで、再び、淫らな熱が甦るくらいに。

「榛名さん……榛名さんが大好き」

「理友」

「大好きなんだよ、ホントに」

そう伝えると、榛名の首に腕を回してしがみつく。

気持ちを言葉にするだけで、勝手に目が潤んでしまうのが恥ずかしかった。

けれど、濡れた目元にキスをもらうと、それだけで気が遠くなるほど嬉しくなってしまう。

榛名はキスを繰り返しながら、湿った窄まりを探り、そっと自分のものを押し当てた。

「……んっ」

「理友、息を詰めるなよ」

そう囁かれても、つい理友は息を詰めてしまった。

何度、身体を繋げても、入ってくる瞬間は緊張してしまうのだ。

「んんっ、あ、ああっ……ん」

必死に息を吐こうと努力していると、ぬぷりと沈んでくるものの大きさに背筋が震えた。

すると耳元でも榛名が息を呑み、その吐息のあたたかさにも感じてしまう。

ビクビクと身をくねらせるたびに沈んでくるものは、とにかく大きくて、熱くて――ただ、ひたすら熱くて、理友は無意識に喘いでいた。

「あ、ああっ、んっ」

「あいかわらず、きついな……理友は」

「んんっ」

恥ずかしいことを言われて、嫌々と首を振ると、ぎゅうっと抱きしめられた。

身じろぐことができなくなると、ひとつになった場所のことばかりを考えてしまう。

何度、抱き合っても、理友は慣れなくて、毎回、緊張してしまうのだ。

それでも今は、もう痛いのは最初だけだとわかっている。

しばらくすると苦痛と淫らな熱が混じり合い、入ってきた時は痛いだけだったのに、次第に気持ちがいいばかりに変わってしまう。今だって、繋ぎ合った場所をゆっくりと揺らすように突き上げられるうちに我慢できなくなって、あられもなく声を上げてしまう
「……は、榛名、さん……ああっ、ん」

「理友……」

切なげに名前を呼ばれ、潤んだ瞳を向けると、榛名がキスをしてくれた。

その整った顔にも玉のような汗が浮かんでいる。

だが、その汗ばんだ顔を見た途端、理友は堪えようもなく淫らに感じてしまい、身体の奥に飲み込んだものを、ぎゅうぎゅうと締めつけてしまった。一度、達したはずなのに、また熱を帯びてしまったものも、はち切れんばかりに膨《ふく》らんでしまう。

そして、抜き差しが激しくなれば、いっそう身体は昂《たか》ぶっていく。

さっきまで、やたらと慎重だった榛名も、すでにコントロールがきかなくなったようだ。

グイグイと激しく打ちつけるように抜き差しを繰り返されて、揺さぶられるばかりの理友は、目の前が真っ白になってしまう。

「あ、ああっ、は、るなさ……ああっ、ん！」

もう甲高い声を放ちながら、ひたすら榛名にしがみつくことしかできなかった。

「……くっ」

「あっ――あああっ」

不意に、がくっと力が抜けた理友は、二度目だというのに、あっけなく達していた。

深々と貫かれたまま、ぴったりと密着した互いの下腹を白濁とした蜜《みつ》で濡らしてしまう。

そして、恥ずかしさに身悶《みもだ》えた瞬間、窄まりの中に収まった固い肉塊が、ドクドクっと淫らに脈打った。

榛名が自分の中で達したことを生々しく感じて、ジィンと身体の奥が疼《うず》く。しかも達したばかりのせいか、感じやすくなっていた理友は無意識にポロポロと大粒の涙をこぼしてしまった。

「理友……？」

心配そうに名前を呼ばれても何も答えることができない。

開いた口からこぼれてくるのは、嗚咽《おえつ》だけだった。榛名があわてて身体の繋がりを解いて、なだめるように抱き寄せてくれると余計に止まらなくなってしまう。

久しぶりに抱き合ったせいなのか、スイッチが入ったまま、切れなくなってしまったように、榛名の腕の中で、わんわんと大声を上げながら理友は泣きじゃくってしまった。

それこそ、ここずっと胸に抱え込んでいた榛名に対しての不安や不満が、すべて涙とともに流れ出てしまうまで——そして、それができたのは、理友が自然に泣き止むまで何も訊かず、榛名が抱きしめてくれたからだった。

結局のところ、自覚していなかったが、理友は甘えていたのだ。

めいっぱい甘やかしてもらったと言ってもいい。

優しく抱きしめてくれる、この力強い腕に。

4

パチ、と目を開けた理友は、ぼんやりと寝ぼけた頭で考え込んだ。

ここはどこだろう、と見慣れない天井を見上げつつ、しばらく悩んでから、そうだ、昨日は榛名と一緒にホテルに泊まったんだ、と思い出す。

そっと周囲を眺めると、すぐ隣にはちゃんと榛名が眠っていた。

ベッドルームはすっかり明るくなっていて、日射しがまぶしいくらいだ。

昨日の夜、見事な夜景を見るためにカーテンを閉めなかったので、さんさんと大きな窓から日光が降り注いでくる。

さすがに榛名はまぶしいのか、うつ伏せになって枕に顔を埋《うず》めていた。

その横に寄り添うように丸くなって眠っていた理友は、榛名を起こさないように気遣いつつ、上半身を起こした。

くるまっていたブランケットの下は、二人とも素っ裸だ。

ちょっと恥ずかしくなった理友は、もそもそとブランケットを引き寄せる。

それにしても、昨日の夜は抱き合ったまま、年甲斐もなく声を上げて泣きじゃくってしまい、もっと恥ずかしかった。榛名が何も言わずに抱きしめてくれるから、余計に甘えてしまって、いつまでたっても涙が止まらなかったのだ。

その上、榛名に抱っこされ、バスルームまで連れていってもらい、一緒にお風呂に入るうち、再び、抱き合ってしまった。おかげで途中で意識が飛んでしまったのか、どうやってベッドに戻ったのか、まるで思い出せない。

どれもこれも全部、榛名が意地悪で、恥ずかしいことを言ったり、やったりするせいだ、と八つ当たりをしながら、理友は真っ赤になった。

(でも、久しぶりに榛名さんと一緒にいられたことや今まで一度も聞いたことがなかった話を打ち明けてもらったのは嬉しかったけど……)

そう独りごち、隣で寝ている榛名の横顔をしみじみと眺める。

いまだに榛名は起きる気配がなかった。ずっと忙しかったというし、疲れているのだろう。

理友がブランケットを自分のほうに引き寄せてしまったので、引き締まった筋肉質の背中が剥《む》き出しになっている。そして、その背中から腰にかけて残っている傷痕も、明るい光の下にさらけ出されていた。

その傷痕はとても痛々しいけれど、榛名が生きている証《あかし》だ。

それは、かつて理友の母が言った言葉だった。

入退院を繰り返していた闘病中、身体に残った手術の傷を見るたびに、これは生きている証、これで命が助かるなら勲章《くんしょう》のようなものだと口癖《くちぐせ》のように言っていたのだ。残念ながら、母は治療の甲斐もなく亡くなってしまったが。

ただ、それだけに、こんなに大きな傷痕が残るようなケガを乗り越えてきた榛名を、理友は本当にすごいと思っている。おそらく榛名はこれまでも、いろんな出来事を乗り越えてきたに違いない。理友には想像もつかないようなことを。

だいたい誰もがみな口をそろえたように、かつての榛名にとってレースやバイクは切っても切れないものだったと言う。そんな榛名がバイクに乗れなくなっているなんて——身体の傷は癒《い》えても、心の傷は残っているのだ。

（……もちろん、心の傷とか、そんなありふれた言葉で、簡単に片付けられるものでもないと思うけど）

榛名にも榛名なりに、心の奥に抱え込んだものがあるのだ。

つらくて悲しくて、それでも、自分ではどうにもできない感情が。

それを何から何まで理解しようとは思わないし、理解できるとも思えない。むしろ理友が、自分なりに勝手な理屈や理由をつけて、わかったようなつもりになるのは傲慢《ごうまん》だろう。

年齢だって離れているし、そもそも生まれや育ちも違うだけに、わからないことがあるのも当然なのだ。

それに何から何まで理解できなくても、かまわないような気がする。

たぶん、もっとも大切なことは相手の考えていることがわからなくても、わかってあげたい、理解したいと思う気持ちを失わないことだと思うからだ。

だから榛名だって、何かあったら二人で一緒に考えようと言ってくれたに違いない。

昨日の言葉を思い出すと、つい理友は口元が緩んでしまう。

そう言ってもらった時の嬉しい気持ちが、じんわりと胸に甦ってくる。

昨日の夜、これまで話さなかったようなことを話し合ったおかげで、前よりもずっと二人の距離が近づいたような気がする。それも理友が無理に背伸びをしたりするわけでなく、榛名に屈んでもらうわけでもなく、ごく自然に。

そんなふうに思えることが、たまらなく嬉しかった。

(どんなに頑張っても、今さら榛名さんと同い年にも幼なじみにもなれないけど……それでも、オレは榛名さんにとって、オレだけがなれるような存在になりたいんだ)

そう独りごちると、理友は微笑んだ。

そして、そっと静かに、まだ眠っている榛名の顔を覗き込む。

(キス……しちゃっても平気かな?)

理友にしては珍しく、自分からキスしたい気分だった。

大好きだよ、と今すぐ伝えたかったのだ。

けれど、よく寝ているのに起こしちゃったら悪いと思う気持ちと、自分からキスをするのが恥ずかしいと思う気持ちが入り乱れ、躊躇してしまう。

どうしよう、こっそりしちゃおうかな、でも、やっぱり恥ずかしいな、だけど今なら誰にもわからないんだし、と迷いに迷いまくっていると——いきなり、パチリと目を開いた榛名が、にっこりと微笑みかけてくる。さっきまで確かに寝ていたはずなのに、榛名は絶句する理友を見上げながら訊ねる。

「なあ、キスしないの？」

「……は、ははは、榛名さんっ！　い、いつから起きてたの？」

「いつだっていいじゃん、キスしてくれよ」

「よくないよっ！」

「だって、理友の鼻息が荒くって目が覚めちゃったんだよ」

一人で赤くなったり、小難しい顔して考え込んでると思ったら、急にニヤニヤしながら顔を覗き込んでくるし、と榛名がいつものように軽口を叩くので、恥ずかしさに逆ギレした理友は枕をつかんで投げつけた。

「は、鼻息荒くなんかないよ……っていうか、起きてたのに寝たふりなんて人が悪いっ！」

「だから待ってたんだって、理友がチューしてくれるのかなって」

「もう黙ってよ、お願いだから！」

理友が真っ赤になって文句を言っても、投げつけられた枕を軽々と避《よ》けた榛名は楽しそうに声を上げながら笑うばかりだ。

それは理友の大好きな、まぶしいくらいに明るい笑い声だった。

そして恥ずかしがって暴れる理友を押さえ込み、優しい声でなだめながら、ようやく榛名が自分の頬にキスをしてもらった頃には、すべての枕は転がり落ち、ブランケットやシーツまでしわくちゃになっていた。

けれど、いつの間にか、榛名だけでなく、理友まで一緒に笑顔になっていたのだった。


「……あ、そうだ。今さらなんだけど、昨日の話はオフレコで頼むよ、理友」

「昨日の話？　どの？」

横浜郊外にある寮に戻る帰り道、マセラティのステアリングを握る榛名にさりげなく言われ、助手席の理友は首を傾げた。

起きてからベッドの上でなんだかんだとじゃれ合っていた二人は、昼前にあわててホテルをチェックアウトすると、一緒にランチを食べて、再び、榛名の車に乗り込み、理友の住む寮に戻るところだった。

近道のバイパスに車を入れながら、榛名は答える。

「ほら、昨日の夜に……オレが今、バイクに乗れないって言っただろう？　……それって実は、オレとサキと心療内科の主治医、あとレースで世話になってたチームの監督しか知らないんだ。親しい仲間や家族にも一切、教えてないから」

もともと家族はレーサーになることを歓迎していなかったし、レースをやめることにしたら喜んでたし、と話す榛名の顔には、どことなく寂しそうな苦笑が浮かんでいた。

けれど、そう思うと同時に、家族や親しい仲間も知らないようなことを、やはり羽田だけは知っているんだと、理友は苦々しく感じてしまう。

だが、それでも今はそういった話を、やっと自分にも打ち明けてくれるようになったことを喜ぶべきなんだろう。

そう思い直し、理友は頷いた。

「わかった。約束する。誰にも言わないよ」

「悪いな、頼む」

理友の返事に安心したように微笑むと、榛名は肩をすくめながら軽口を叩いた。

「でも本音を言うと、あんな情けない話をしたら、理友に呆れられそうで怖かったんだけど」

「どうして？　情けなくなんかないし、呆れたりもしないよ」

「そうか？」

うん、と力強く頷いた理友はさらに続ける。

「だって、バイクは乗れなくたって、車の運転はできるんだし……自転車だって乗れるよね。御殿場でオレと二人乗りしたし」

「ああ、あれなー、あの時、実はけっこうヤバかった」

「……そうだったの？」

理友が驚いて目を丸くすると、榛名は茶目っ気たっぷりに舌を出す。

「あの頃は、まだ理友に教えるつもりはなかったし……余計な心配もさせたくなかったから、バイクとか二輪に乗れないことを知られまいと見栄《みえ》を張ったんだ。それでも前には乗れなくて後ろに乗っただろう？」

そう言われて、そういえば、と理友も思い出す。

あれは、御殿場のガレージに預けてあるリトモに乗りに行った時のことだ。

リトモが途中で動かなくなってしまって、理友が自転車に乗って戻ろうと言った時、当然、榛名が前に乗ると思っていたのに、意外なことに榛名は理友を前に座らせると、自分は後ろの荷台に跨ったのだった。

「いやー、今だから言えるけど、あの時はマジでヤバかったんだよ……後ろから足を伸ばしてペダルを漕《こ》いでりゃ、絶対にバレねーって思ったんだけど、もう冷や汗ダラダラで、こっそり目をつぶってたくらいで」

「そうなの？　勢いよく漕いでたから、汗がすごいのはそのせいだと思ってたよ」

「うん。理友がそう思ってくれたみたいだったんで、心底、ホッとした」

榛名は笑ってウインクをするが、理友は首を傾げた。

「……ねえ、わかんないよ。どうして、ホッとするの？　オレは榛名さんが嫌がってることに気づけなかったのに」

「気づかれないようにしてたんだし、気づかなくて当然だろう？」

「でも……」

理友が表情を曇らせても、榛名は笑って首を振る。

「なあ、理友。言っただろう？　オレが余計な心配をさせたくなかったんだって……それに、事故った後でさ、このPTSDを知ってるヤツも知らないヤツも、オレがバイクに乗らないと腫《は》れ物をさわるように扱うのがマジで嫌だったんだよ」

理友みたいになんにも知らない相手のほうが、妙な遠慮がなくて気が楽だし、あんなふうに誘ってもらったおかげで、自転車の後ろぐらいは乗れるってわかったんだし、はっきりいって有り難かったよ、と榛名は明るく笑う。

「だから、また近いうちに御殿場に行こうな。ガレージで預かってもらってるリトモだって、なるべく走らせてやりたいし……そうだ。今度、リュージュと賢ちゃんも誘おうか？　学校の休み中なら来れるだろう？」

「うん。聞いてみる」

榛名の提案に、理友も笑顔になって頷いた。

おそらく榛名は、今の話を聞いて、ちょっと落ち込んでしまった理友を励ますために龍樹や賢一も誘って御殿場に行こうと誘ってくれたのだろう。そんな気遣いが嬉しかった。

気づけば、もう寮は目の前だ。

理友は、無意識に携帯電話を取り出して時間を確かめる。

寮の門限には、まだ余裕があった。今日は道が混んでいなかったので、東京からスムーズに帰ってこられたおかげだ。しかも寮の近くは坂が多く、道が入り組んでいるにもかかわらず、榛名は最近、近道や抜け道にすっかり詳しくなっている。

今日も寮のすぐ近くだが、ちょっと脇《わき》に入っているので人目につかない場所にマセラティを停めてくれた。

「それじゃ、榛名さん。送ってくれてありがとう」

「ああ。またな」

「うん！」

理友は元気よく頷いて、マセラティのドアを開けると助手席を降りた。

まだ明るいので人目も気になるし、こっそりキスもできないのが残念だったが、振り返って手を振ると、榛名も車の中から手を振り返してくれて嬉しかった。

今にもスキップしそうな足取りで寮に戻り、正面玄関のドアを開くと、脇にあるロビーには龍樹と賢一がいた。ロビーのテーブルには見覚えのあるフランス語の問題集が広げてあって、その前で難しい表情で頭を抱え込んでいた賢一は、理友を目にした途端、さぼるための口実を見つけたように笑顔になった。

「よお、お帰り、理友」

「ただいま。また来てたの、賢ちゃん？」

「またって言うな、またって！」

靴を脱ぐ理友に言い返した賢一の向かい側で、龍樹が整った顔をしかめる。

「言われたくなかったら、さっさとその問題を解けよ、賢」

「へーいへーい」

冷ややかな龍樹に気の抜けた声で答える賢一は、結局、再提出になったフランス語の課題を手伝ってもらっているらしい。

龍樹はいつだって言葉はきついが、面倒見はいいのだ。賢一を甘やかすことはないが、絶対に見捨てることもない。理友はこんな場面に居合わせるたびに、彼らのように従兄弟同士で、幼い頃から一緒にいる幼なじみという存在が、うらやましくなってしまう。

榛名と榛名の兄もそうだが、なんでも遠慮なく言い合えるような近い存在が、すでに肉親は祖母だけとなった理友には一人もいないからだ。

（でも、強《し》いて言うなら……家族でも友だちでもない年の近い存在って、榛名さんかな？）

そう思ったら、つい理友は口元が緩んでしまった。

けれど、こんなところでにやけているのも恥ずかしかったので、急いで階段を駆け上がって二階にある自室に入ろうとすると、後ろから上がってきた二年生に声をかけられた。

「なあ、外でおまえを呼んでる人がいるんだけど……寮のすぐ脇にある道で」

それだけを告げると、二年生はそそくさと行ってしまった。

理友は自分の部屋に入り、荷物を置きながら怪訝な顔になった。

（……なんだろう？　外で呼んでるって、榛名さんかな？）

だが、だったらどうして直接、連絡してこないのだろうと思い、ポケットを探ってみると、そこは空っぽだった。あちこちをパタパタと叩くが、あるはずの携帯電話が見つからない。

「……あれ？　どっかに落としちゃったのかな？」

そう呟きながら理友は思い出す。

最後に目にしたのはマセラティの助手席で時間を確認した時だ。

たぶん、あの時、車の中に落としてしまったのだろう。

それで連絡がつかないから、榛名が外から呼んでいるんだと気づいた途端、理友はすぐさま上ってきたばかりの階段を駆け下りた。怪訝な顔を向けている龍樹と賢一にも気づかず、寮を飛び出すと、今さっきマセラティを降りた脇道に入っていく。

だが、息を切らせて走ってきたのに、榛名の車は見当たらなかった。

細い道の先まで見渡しても、妙にゆっくりと白いワンボックスカーが走ってくるぐらいだ。

その奥に隠れてるのかな、と思った理友が、その白い車とすれ違いつつ、道の向こうに目を向けていると、不意に呼び止められた。

「……おい」

思わず、理友が足を止めてしまった瞬間——すぐ横を走るワンボックスカーのドアが開き、そこから伸びてきた手に腕をつかまれた。そして、声を上げる前に口を塞がれ、理友の身体は車内に引きずり込まれていく。

「そーら、よっ！」

理友が後部座席に投げ出されると、ドアが閉まって車は猛スピードで走り始めた。

白いワンボックスカーは激しくきしむような音を立てながら道を曲がって、大通りに出ると、さらにスピードを増す。

理友は反動で仰《の》け反《ぞ》ってしまい、頭をぶつけて痛みに顔をしかめた。

すると、すぐ近くで嘲るような声が聞こえてくる。

「……バッカじゃねーの」

その声には聞き覚えがあった。

理友が顔を上げてみると、車の中には数人の顔が見えた。

運転席に座ったドライバー以外の全員が、後部座席に倒れ込んだ理友をおもしろがるように見下ろしている。けれど理友はそんな彼らを無視して、運転席の真後ろにあるシートから身を乗り出すように振り返る相手と目を合わせた。

冷ややかな視線を向けられても気丈に睨み返す。

驚いたり、怖じ気《おけ》づくよりも先に、とにかく腹が立ってたのだ。

けれど、負けん気強く睨み返したことで、どうやら相手は逆上したらしい。

手に持っていたペットボトルを力まかせに投げつけると、宇喜多一久は——理友の異母兄は、吐き捨てるように言った。

「おまえ、親父と会ったんだって？　それも、わざわざこっそりと人目を避けて……まったく、どこの馬の骨ともわかんねーような泥棒のガキが、ちゃっかり親父に取り入ろうっていうなら、こっちにも考えがあるんだよ！」

車の中から突然、聞き覚えのある携帯電話の着信メロディが聞こえてきて、ステアリングを握る榛名は怪訝な顔になった。

それは今、車から降ろしたばかりの理友の携帯電話の音だったからだ。

うっかり忘れていったらしい、とニヤリと笑ううちにメロディは鳴り止んだ。今の着信は、携帯電話を見つけるために理友本人が鳴らしたものかもしれない。携帯電話が見当たらない時、榛名自身がよくやる手だからだ。

ともかく、まだ寮の近くだったので、榛名は目に入ったコイン・パーキングに車を入れた。このへんの道は複雑に入り組んでいる上に一方通行も多く、Uターンするのが面倒だったし、寮の近くで路上駐車をすると目立ってしまうからだ。

ともかく急いで車を停めると、音が聞こえた場所を頼りに手を伸ばし、助手席とドアの間に落ちていた携帯電話を引っぱり出す。

（寮まで届けてやるか。なければないで不便だし）

そう思い、榛名はジャケットを羽織ると車を降りた。

さっき別れたばかりだったが、ちょっと離れがたい気持ちだったし、もう一度、理友の顔を見るのも悪くないと思い、コイン・パーキングに車を置いて、のんびりと歩き始める。それに、たまたま寮の裏手に当たる場所だったらしく、すぐそこに建物も見えている。きっと歩いても五分とかからないだろう。

そう考えた時、再び、理友の携帯電話の着信メロディが聞こえてきた。榛名が微笑みながらディスプレイを確かめると、かけてきたのはとてもよく知っている名前だった。通話ボタンを押した途端、すぐ聞き覚えのある声が聞こえてくる。

『──理友？　さっきもかけたのに、なんで出ないんだよ。外に出たんだったら、コンビニでなんでもいいから食い物を……』

「賢ちゃん、理友をパシリに使うなよ」

『……あれ？　榛名さん？　オレ、ちゃんと理友のケータイにかけたよな？』

電話の向こうで訝しがっている賢一を笑い、榛名は携帯電話を片手に歩きながら答える。

「オレの車に忘れてったんだよ、理友がケータイを」

『あ、そうなんだ』

「んで、賢ちゃんは、また寮っていうより、リュージュんトコに遊びに来てんのか？　マジでべったりなんだな、おまえら」

『ほっとけよ、理友とまったく同じことゆーし！　……あ、でも、わかった。榛名さんの車にケータイを忘れたせいだったんだ。理友が寮に帰ってきたと思った途端、いきなりダッシュで飛び出してったのは』

「理友は今、外にいるのか？」

『うん。ものすごい勢いで出ていった。オレが声かけるヒマもないくらい』

だから買い出しを頼むヒマもなかったんだよ、とぼやく賢一の声を聞いていた榛名は、ふと目の前を猛スピードで走る白いワンボックスカーに気づいた。

細い道を曲がり、大通りに出る一瞬、その車の後部座席にいる人影が目に入った。

（——理友？）

まさか、と思ったが、その車の中にいたのは間違いなく理友だった。

ほんの一瞬であっても、動体視力に優れた榛名は見間違えることなどない。

しかも不安そうな表情を浮かべていたような気がする。

なんとなく嫌な予感がした榛名は、賢一と話していたことも忘れ、あわてて後を追ったが、スピードを上げたワンボックスカーは走り去っていく。

だが、榛名は確信する。絶対におかしい。理友に何かあったに違いない。けれど、あの車を追うにしても、このままでは絶対に追いつけないし、コイン・パーキングに停めた自分の車に戻るうちに見失ってしまいそうだ。

そう迷った時、道路脇に停めたバイクに跨る青年に気づいて、榛名は無意識に駆け寄った。

「おい！　それを貸してくれ！」

急に声をかけられ、ヘルメットを手にした青年は啞然とする。

「バ、バカなことを言うなよ、このバイクは……えっ！　ちょっと待って、榛名峻？　マジであんた、本物の榛名峻？」

「本物だよ」

「うわっ、マジマジ？　こんなところで偶然、会えるなんて、マジ信じられねーよ！　オレ、すっげえファンだったッスよ、現役時代！」

「だったら、このバイク、今すぐ貸してくれよ。急いでるんだ」

「どーぞどーぞ……あ、メットも！」

榛名だとわかった途端、コロリと態度を変えた青年は、あわてて自分のバイクから降りると、持っていたヘルメットも押しつけてくる。それを受け取って、すぐさまヘルメットをかぶった榛名は慣れた様子でハンドルを握り、レーサーレプリカのマシンに跨った。

「サンキュ、恩に着る」

「いや、遠慮なく！　よかったら返す時、メットにサイン入れてくださいっ！」

その言葉を背中で聞きながら、榛名はエンジンをかけると轟音《ごうおん》を轟《とどろ》かせて走り出した。

頭の中には、さっきのワンボックスカーを追いかけることしかなかった。

それ以外、何も考えられなかった。ほんの一瞬だったが、車の窓ガラス越しに見えた理友の不安そうな顔が脳裏に焼きついて離れなかったのだ。


「……このチビ、なんか小猿っぽくね？」

「あー、確かに！　こんな小猿が、あと少しで学年トップテンに入る成績とはね」

「至恩もレベルが下がったよな、まったく」

「でも、このチビって高等部から入った外部入学生だろ？　だったら、レベルが下がったのは内部進学組じゃねえの？」

よせよ、ヤバいって、それ、オレらじゃん、と口々に言いながら笑っている連中の一人は、理友を睨む宇喜多一久にも声をかけた。

「カズ？　こんなチビが、マジでおまえの弟なの？」

「弟なんかじゃねーよ」

「でも、おまえの親父の愛人の子だって……」

「親父の子だろうが、オレの弟なんかじゃねーよ！　こんな田舎育ちの小猿がッ！」

一久が苛立ちもあらわに怒鳴りつけると、急に車内は静まり返った。

だが、そこに運転席から、おずおずと声が聞こえてくる。

「ところで……どこに行けばいいんだ、これから？」

「いいから黙ってろ！　こっちの話が済むまで、適当に走ってりゃいいんだよ」

「だ、だけど、適当って言われても……」

「うるせえな！　だったら人目につかないあたりにしろ！」

「……わ、わかった」

いっそう語気が荒くなった一久に怖じ気づいたように、運転している男は引き下がったが、その一部始終を眺めていた理友は後部座席で身を竦めながら考えた。

この車にいるのは、異母兄の一久を含めて四人——彼らは全員、至恩学院の生徒、もしくは卒業生のようだ。運転席にいるドライバーは車の免許を持っているわけだし、きっと二年生の一久よりも年上だろう。

(自分の先輩でも、あの態度なんだ……やだなあ、そういうの)

そう独りごち、理友は顔をしかめた。

思い返してみれば、この異母兄の一久は、腹違いの弟が自分の通う高校に入学すると知ると、クラブの後輩を使って陰湿ないじめを繰り返し、理友を学校から追い出そうとしたのだ。

しかも、それが発覚しても少しも懲《こ》りずに、校内で理友を見るたび、取り巻きを引きつれ、ねちねち嫌味を言うことを欠かさない。今だって、この通りだ。いつだって取り巻きが一緒で、一人では何もできないし、絶対に自分の手を汚さない。

もちろん、青天《せいてん》の霹靂《へきれき》のようにあらわれた異母弟が気に入らないという気持ちは、理友にもわからないでもない。

異母兄弟がいるとわかった時は、自分だって複雑な気持ちになったからだ。

(でも、オレだったら無視するだけかな……だいたい宇喜多先輩がバカなことをしなかったら、オレは自分の父親だって知らないままだったんだし)

理友は、そう冷静に考える。けれど、一久のほうは違うようだ。

靴の中に入ってしまった小石のように、理友の存在が気になって仕方がないらしい。

さんざん嫌がらせをした上に、今度は拉致《らち》だ。もうシャレにもならない。ただの犯罪だ。

しかも羽田が危惧《きぐ》していたことが当たってしまい、それも腹立たしい。

羽田は同じ婚外子である自分の経験を踏まえた上で、この異母兄には真面目に言い返しても無駄だし、正論は通じない、いきり立って頭に血が上ったら何をするかわからない、危険だと警告していたのだから。

(やだなあ、こんな時に羽田さんの言葉を思い出すなんて……)

げんなりした理友は思わず、溜息を漏らした。

すると、それに気づいた異母兄の一久が、ガンガンとシートを足で蹴りつけてくる。

「……ったく、マジでムカつくヤツだな、おまえはッ！　こんな状況なのに余裕ぶっこいて、溜息なんかついてんじゃねーよ！」

居丈高《いたけだか》に怒鳴られ、ムカつくのはこっちだと思ったが、理友は黙っていた。

何を言い返しても火に油を注ぐだけだとわかっていたし、一久の取り巻きたちが不安そうに互いに顔を見合わせているのが目に入ったからだ。

羽田の助言を参考にするのは気にくわなかったが、いちいち相手の身勝手な暴言に苛立ち、売り言葉に買い言葉で怒らせてもまずい。いくらなんでも命の危険はないと思うが、感情的な一久は何をするか、まったく予想がつかなかった。

それに運転席にいる男を除いても、三人が相手では勝ち目がない。

少なくとも一久と、その隣に座っている男をどうにかしなかったら、後部座席からドアには近づけないのだ。逃げるにしても、チャンスを冷静に見極めなければならない。

だが、理友が冷静になればなるほど、一久は苛立つようだった。

「……おい、黙ってんじゃねーよ！　なんか言いたいこと、ねーのかよ？」

そう言いながら一久は後部座席に移動してくるが、理友は視線を逸らさずに睨み返した。

怯《おび》えた様子を見せたら、一久が喜ぶだけだとわかりきっていたからだ。しかし、それが気に入らないらしく、一久は不満そうに鼻を鳴らす。

「さすがに泥棒のガキだけあって、たいしたタマだよな。拉致られても平然としてやがるし、命乞《ご》いもしやしねえ」

「……命乞いって、オレを殺すつもり？」

やっと理友が口を開くと、一久はニヤニヤと意味ありげに笑い始めた。

しかも、一久は後部座席の背もたれに片腕をかけながら、しげしげと理友の顔を覗き込み、茶化すような口調で囁く。

「まったく、おまえは油断も隙《すき》もありゃしねえな……まさか、親父にこっそり会ってるなんて思いもしなかったぜ。学年トップテンまで、あと一歩ってくらいに勉強できるんだろ？　なら、分をわきまえるって言葉の意味を知らねえのか？」

そう言われて、理友は顔をしかめた。さっきも言われ、気になっていたのだ。

「……なんで、オレの学年末テストの結果を知ってるんですか？」

「ふん。オレが知ってるとまずいのかよ？　おまえのことだったら、なんだって親父んトコに弁護士から報告が来てんだよ」

しかし、その一久の返事では、理友の知りたいことはわからなかった。

「……待ってください。学費を出してもらってるから宇喜多さんに報告されるのはわかります。でも、それをどうして先輩が知ってるんですか？　宇喜多さんが教えたんですか？　それとも弁護士の先生が？」

理友が理路整然と問い返すと、一久は大きく舌打ちした。

「うるせえ、なんで知ってるかだって？　そんなの、どうだっていいだろう！」

「よくないです」

「よくも悪くもねーよ！　母親が弁護士を問い詰めたって、こっそりおまえに会ってる親父に文句なんか言えるか！　しかも、おまえは将来、宇喜多グループに入るんだって？」

「……え？」

思いもよらぬことを言われ、理友はキョトンとするが、一久はいっそう声を荒らげる。

「すっとぼけたって無駄だ！　証拠は挙がってんだよ！　突然、あらわれた親父の愛人の子がやたらと優秀だとか、親父が気に入って目をかけてるとか、どれもこれも全部、オレや母親に筒抜《つつぬ》けなんだからなッ！」

一族の人間が、それなりの大学から宇喜多グループに入ったら問答無用でエリートコースだ、おまえにとっては大出世じゃねーか、笑いが止まらねえよな、と居丈高に怒鳴りつけられても、理友は呆気に取られるばかりだ。

確かに昨日の夜、宇喜多氏と会った時、そういったことを言われたのは事実だ。ただ、それは宇喜多氏の個人的な願望であって自分は同意していない。それなのに、すでに決まっていることのように罵られて、絶句するしかなかった。

しかし、そんな理友の態度が、頭に血が上っている一久の怒りをさらに煽ったらしい。

「くそっ！　おまえのせいで、オレの人生はめちゃくちゃだ！　薄汚い泥棒のガキのくせに、オレと同じ学校に入ってくるとか、オレよりもいい成績を取るとか、ふざけた真似すんなよっ、田舎育ちの小猿が！」

理友の襟首《えりくび》をつかんで揺さぶりながら、一久はさらに罵った。

「おまえなんか……おまえなんか、生まれてこなければよかったんだッ！　目障りなんだよ、さっさと死んじまえ！　オレの前から今すぐ消え失せろッ！」

そこまで言われ、一方的に言われっぱなしになっていた理友も我慢できなくなった。

だいたい一久は自分よりも年上なのに、駄々をこねる子供のような難癖をつけてくることも無性に腹立たしい。

おかげで、つい無意識に思ったことを口に出していた。

「めんどくさいなあ、もう」

「……なんだと？」

「何度でも言ってやるよ、めんどくさいって言ったんだよ！　ねちねちオレに嫌味を言って、クソつまらない八つ当たりをするよりも、宇喜多さんに……アンタのお父さんに直接、文句を言えばいいのにって思ったんだよ！」

　言い返すうちに、いっそう怒りが募ってきた理友は、これまでずっと胸に抱えていたことを勢いにまかせて吐き捨てる。

「だいたい、思い返してみれば、アンタって最初っから卑怯だったよ！　オレをいじめるにも後輩を使うとか、こんな拉致まがいのことをするんだって取り巻きを引きつれて、いつだって一人じゃなんにもできなくって！」

「……てめえ！　勝手なこと、ほざいてんじゃねーよ！」

「先に勝手なことを言い出したのは誰だよ！」

　一久に遮られても、理友は襟首をつかむ手を振り払って言い返した。

「いつだって、アンタじゃないか！　卑怯なことをしてんのは！　そんなにオレが目障りなら、自分の手で殺せばいいんだよ、殺せるものなら殺してみろ！　そんな勇気、どうせアンタにはないと思うけど！」

「……こいつ、いい気になりやがってッ！」

そう怒鳴りつけた一久は、理友の顔を平手で叩いた。

でも、理友だって、やられっぱなしでいる理由はないので、まったく同じように一久の頬を叩き返した。やられたら、やり返すのは当然だ。

けれど、一久は叩かれた頬を押さえながら目を丸くする。

まるで今まで一度も、やり返されたことがなかったというように。

考えてみれば、まったくの無防備で理友の前にいたくらいだ。叩き返されるなんて、夢にも思っていなかったのだろう。しかも怒りに染まった顔をさらに真っ赤にして、理友に向かって殴《なぐ》りかかってくる。

「このヤロー、ふざけんな！　よくも殴ったな！」

「ふざけてんのは、そっちだよっ！　先に叩いたのだって、そっちじゃないか！」

一久の拳を必死に避けながら、理友は言い返した。

だが、一久はムキになって拳を振り回す。

「うるせえ、黙れッ！　おまえにやり返す権利なんかねーんだ！　殺すぞ、マジで！」

「やだね、黙るもんか、絶対っ！　それに、だいたいアンタにだって、オレを殴る権利なんかないんだからね！」

「なんだとォ！　マジで殺すぞ、クソチビ！　望み通りにしてやろうじゃねーか！」

「だから、やれるもんならやってみろってば！」

「……まっ、待てよ、カズ！」

「バカ！　離せっ！」

互いに言い合いながら後部座席でつかみ合っていると、さすがに顔色を変えた他の連中が、一久と理友の間にあわてて割って入り、二人を強引に引き離した。

「なんで止めるんだ、くそっ！」

「だってヤバいよ、カズ……殺すとか」

「だいたい、そんな大声で騒いだら車の外まで聞こえるぞ」

「聞こえたら、なんだって言うんだッ！　怖じ気づいてんじゃねーよ！」

「でも、この車はカズのじゃねえし……運転してるヤツだって、騒ぎになって処分を受けたら、大学の推薦入学が取り消されるかもしれないし」

とにかく殺すだの死ぬだの、そういうトラブルってのはまずいよ、と青褪めた仲間に諭され、一久は舌打ちして窓の外に目を向けた。

「よし……だったら、このまま、山ン中に入れ」

そう言うと、一久は自分を羽交《はが》い締《じ》めにしていた仲間の手を払い除《の》けて、床に転がっている理友を睨みつけた。

「なあ、カズ。ちょっと脅《おど》かすだけじゃなかったのか？」

「どうするつもりだよ、このガキを？」

一久は取り巻きから口々に訊かれ、理友に叩かれた頬を痛そうにさすりながら答える。

「殺すのがマズいんなら、山ン中にでも放り出して勝手に死んでもらうんだよ。おまえなんか、のたれ死ね！」

勝ち誇ったように告げる一久を見て、理友は呆れ返った。

「……自分の手は汚さないいんだ、やっぱり」

「うるせえ！　オレの手を汚す価値もねーんだよ、おまえは！」

「言い訳ばっかり」

「てめえっ！」

怯えた顔も見せない理友に、一久は声を荒らげたが、すぐに仲間がなだめにかかる。

こんなくだらないことに巻き込まれた彼らも災難だと思うが、はっきりいって、理友はもうバカバカしくて、つき合っていられなかった。

だいたい人気《ひとけ》のない山の中に放置されたとしても、真冬の雪山や灼熱の砂漠でもあるまいし、ここは日本だ。携帯電話は通じるだろうし、自分の足で頑張って歩けば、人家だって山の麓《ふもと》にあるはずだ。むしろ、のたれ死ぬほうが困難なレベルだ。ただの脅しにしても、小学生だって怖がらないだろう。

しかも、そんなバカげた脅しをかけてくる相手に、殺せるものなら殺してみろと売り言葉に買い言葉で答えてしまった自分にも自己嫌悪を感じていた。

（まったく……これじゃ、同レベルのバカだよ）

そう独りごち、理友は口唇を噛んだ。

結局、一久は父親にぶちまけられない不満を理友に向けているのだ。

どうやら、弁護士が宇喜多夫人に理友の情報を漏らしているようだが、それを一久が母親と共有しているとも思えない。勝手に盗み聞きしたとか、そのあたりに違いない。

（そのへんは宇喜多さんちで、なんとかしてもらいたいんだけどなあ……家庭内の問題じゃん。オレを巻き込まないでほしいよ）

そうぼやき、理友は周囲を観察する——ここから逃げるために。

仲間からなだめられ、一久はすっかり辟易《へきえき》した表情だ。

けれど、彼自身どうしたいのか、まるで考えていないように見える。

気に入らない異母弟を怖がらせて憂さ晴らしをしたかっただけで、理友が思っていたような反応をしなかったので頭に血が上ったまま、引くに引けなくなったようにも思える。

だが、どちらにしても、一久の行いは本当に愚かで浅はかだ。

（だいたい、いじめられてた時は、その理由がまるっきりわからなくって怖かったけど、今は嫌がらせをされる理由はわかってるから、怖がるとか怯えるとかいうより、バカバカしいって思うだけなんだよな）

そうぼやいて、理友はこっそり肩をすくめた。

　ともかく、まずはここから逃げなければいけない。

　わりと緑の多い山道に入っているから、カーブで速度を落とすあたりを狙い、ドアを開けて飛び降りればいいだけだ。理友を引きずり込んだ時に忘れたらしく、スライドドアはロックがかかっていなかった。しかも窓から外の様子を窺うと、後続車も見当たらない。これだったら、転がり落ちたとしても後続車に轢《ひ》かれる心配もないだろう。

　そう思った時、理友は目を見開いた。

　後部座席の後ろの窓から見える道路に、なだらかな上り坂のカーブを曲がってくるバイクが見えたのだ。しかも、対向車が一台もいないにもかかわらず、そのバイクは追い越しもせず、ずっとワンボックスカーの後をついてくる。

（……ま、まさか？　でも）

　何度も瞬きを繰り返し、理友は我が目を疑った。フルフェイスのヘルメットをかぶっていて顔はわからなかったが、どう見てもバイクに跨った長身には見覚えがある。

　理友が呆然としていると、運転席にいる男もバックミラーに映るバイクに気づいたらしく、おずおずと口を開いた。

「な、なあ、カズ……オレの気のせいかもしれないんだけど、さっきからずっと同じバイクがついてくるような気がするんだけど……」

「はあ？　気のせいだろう。バカなこと言ってないで、前を見て運転しろ！」

一久は取り合わず、吐き捨てるように答えた。

だが、他の連中は窓の外に目を向けて、そういや、あのバイク、さっきからいたよ、マジで同じバイクかも、と口々に言いながらドアの反対側に集まり始めた。すると、さすがに一久も気になったらしく、みんながいる窓のほうに目を向ける。

ちょうど坂道の曲がり角にさしかかって、車のスピードが落ち、誰もがカーブの奥に消えたバイクを確かめようと身を乗り出して窓の外を覗く。

その瞬間、スライド式のドアの前はガラ空きになっていた。

(——今だっ！)

そう思った理友は後部座席から飛び出し、近くにいた一久を押し退けてドアを開いた。

「……あっ、こいつ！　待てっ！」

取り巻きの一人があわてて引き止めようと手を伸ばすが、それを避けるように身を屈めて、理友は走っているワンボックスカーの中から道路脇に飛び降りた。

風を感じて、一瞬、身体が浮いたような気がする。

けれど、うまく受け身を取って着地するつもりでいたのに、道路脇に溜まっていた落ち葉に足を取られて、みっともなく尻餅をつき、飛び降りた勢いのまま、雑木林の斜面をゴロゴロと転がり落ちてしまった。

「……いっ、いてて、ててっ」

理友は頭をかばいながら情けない声を漏らした。

いくらなんでも走行中の車から飛び降りるなんて無謀《むぼう》だった、と反省した時、急ブレーキをかけるような耳障りな音とともに、頭の上から自分を呼ぶ声が聞こえてきた。

「理友ッ！　おい、理友ッ！　どこだ！」

「……こ、ここ」

「無事か？」

「うん、無事だよ。だけど、動けないんだ……なんか、ハマっちゃってて」

バキバキと枝を掻き分けて近づく声に、理友は返事をしながら手を振り回した。

どうやら道路脇にあった斜面を勢いよく転がり落ちてしまったせいで、雑木林の茂みの中に飛び込んでしまったらしい。しかも自分で出ようともがいてみても、身体のあちこちに小枝が引っかかり、思うように動けない。

結局、茂みの中にすっぽり埋まっていた理友は、足場の悪い斜面を下りてきてくれた力強い腕に引っ張り上げてもらうことになったが、小枝が刺さりそうで目も開けられず、パシパシと顔や手を叩く枝や葉も痛くて、つい呻き声を漏らしてしまう。

「う、いっ、いててっ」

「どこが痛い？」

「よ……よく、わかんない」

そう答えながら、理友は抱え上げてくれた腕にすがって目を開ける。

自分を助けてくれたのは、やはり予想通りの相手だった。

「は、榛名さん……榛名さん」

「ああ。だいじょうぶか、理友？」

どこが痛むんだ、と気遣ってもらっても榛名の顔を見た途端、理友は胸がいっぱいになって、何度も名前を繰り返しながら、しがみつくことしかできなかった。

そんな理友を抱き上げたまま、榛名は斜面を上がって道路脇まで戻っていく。

すると少し先に停まっていたワンボックスカーが、道に戻ってきた二人を合図にしたように、ぐるりとUターンして走り去っていった。

それを見た榛名は、すぐさま携帯電話を出して写真を撮ろうとしたが、理友は首を振る。

「証拠写真とか、いらないと思う……あれ、宇喜多先輩だったから」

「宇喜多？　それって、まさか」

「うん。昨日、宇喜多さんと会ったことがバレてたっていうか、筒抜けだったんだよ」

せっかく榛名さんやお兄さんが協力してくれたのに意味なかったみたい、と答えた理友は、榛名の腕から下ろされた途端、ヘナヘナと膝の力が抜けて座り込んでしまった。

「……理友？　おい、ホントに平気か？」

「う、うん……ううん」

真っ青になってしゃがみ込み、理友の顔を覗き込んでくる榛名に、ふるふると首を振る。

そして、あらためて榛名にしがみつき、消え入りそうな声で告げた。

「あ、あのね。たぶんね……痛いとか、ケガしたっていうんじゃなくって、気が緩んだんだ。榛名さんの顔を見て」

そう言った途端、理友は自分でも自覚した。手足から力が抜けていくのを。

こんなふうに榛名の顔を目にして、優しい声を聞いて、あたたかなぬくもりや匂いを感じて、ホッとした途端、腰砕けになってしまったことを。

連れ込まれたワンボックスカーにいる時は、ちゃんと冷静だったし、落ちついていられたし、ちっとも怖がっていないと思っていたのに、ようやく助かって、榛名の顔を見たら、ぷつんと緊張の糸が切れてしまったらしい。

あやすように大きな手のひらで背中をさすってもらい、ほとんど子供扱いだったが、理友は減らず口を叩く気も起きなかった。子供扱いをされてもかまわなかった。こんなふうに榛名が抱きしめてくれるなら。

「……そうだな。オレもホッとしたよ」

そう呟くと、榛名もまるで理友の無事を確かめるように腕に力を込める。

「つーか、心配しすぎて、オレの心臓が持たねーよ。あの車の中に理友の顔を見つけた時も、さっき車の中から飛び降りた時も……あんな無茶は勘弁してくれ」

そう懇願するような呟きを腕の中で聞かされ、理友はこっそりと笑みを浮かべた。

しみじみと呟いた榛名の声が、本当に情けないくらいに真剣で嬉しくなってしまったのだ。

「……榛名さん、ありがとう。助けに来てくれて」

「いや、なんにもできなかったよ、オレは……あわてて追いかけてきただけで」

「ううん。榛名さんが追いかけてきてくれたから、逃げるキッカケを見つけられたんだ。車の後ろに榛名さんがいるってわかって……」

そう言ってから、不意に理友は思い出した。

道路脇に停められたバイクを、まじまじと榛名の肩越しに見つめ直す。

「そういえば、榛名さん……乗れるようになったの？」

「……え？」

「乗れなくなったって言ってたのに」

理友から指摘され、初めて気づいたように榛名も振り返った。

自分が、ここまで乗ってきたバイクを。

その呆然とした表情を目にして、理友は首を傾げる。

「榛名さん？　まさか、気づいてなかったの？」

「……ああ、無我夢中だったし」

「そ、そんな……」

「いや、マジで理友のことが心配だったから……頭の中から、きれいさっぱり吹っ飛んでたよ。バイクに乗れなくなってたことなんて」

呆然としたまま、バイクを見つめる榛名の手は小刻みに震えていた。

今になって、ようやく震えが来たようだ。

どうやら指摘されるまで、本当に気づいていなかったらしい。

乗りたくても乗れなかった頃は、あんなに悩んで、めちゃくちゃ苦しんで、それでもまるでダメだったのに、と独り言のように呟きつつ、道路脇に停めたバイクを凝視している榛名は、憑《つ》き物が落ちたような表情をしていた。

そんな横顔を見つめていると、不意に榛名が笑った。

小枝や枯れ葉がついたままだった理友の髪を、大きな手のひらで無造作に掻き回しながら、微笑みかけてくる。

「とにかく、理友が無事でよかった」

「うん。ありがとう」

「……オレも、ありがとう」

さりげなく礼を言われ、理友は問い返すように首を傾げた。

だが、榛名は優しく微笑むばかりだ。説明するつもりはないらしい。

どことなく意味ありげな笑顔を見上げていた理友も、そのうち、なんとなくわかってきた。

伝わってきたのだ、言葉にしなくても。

言葉にならない、言葉ではあらわせないような気持ちが。

そして、気がついた時には、ごく自然に、二人の口唇は重なっていた。

胸の奥から込み上げる気持ちのまま、理友はキスを繰り返した。

何度となく触れては離れ、離れては触れるたびに、いっそうキスは甘くなる。

思わず、夢中になってしまうくらいに。


「……なあ、マジかよ、理友？　本気か？」

「うん」

榛名に気遣うように問いかけられても、理友は力強く頷いた。

「オレは本気も本気、チョー本気だよ、榛名さん。ここまで送ってくれてありがとう」

そう告げると、理友はマセラティを降りた。

目の前には豪邸が建ち並ぶ閑静《かんせい》な住宅街の中でも、ひときわ立派な家があった。

表札の名は、［宇喜多］――宇喜多氏の自宅だ。

大きな門がある二階建ての家の前に立ち、理友は口唇を噛みしめる。

異母兄の一久に拉致された車から逃げ出して、追いかけてきてくれた榛名に助けてもらい、なんとか難を逃れたが、このまま、泣き寝入りでいいはずがない。

榛名が再び、バイクに乗れるようになったことは不幸中の幸いだったが、だからといって、一久の行いを見て見ぬふりをすることはできなかった。

そう思った理友は、榛名と一緒に寮まで戻ってくると、うっかり忘れてしまったことが自分を救うことになった携帯電話を返してもらい、宇喜多氏との連絡係となっている秘書に電話をかけた。そして、起こったばかりの拉致騒ぎを報告し、一久から聞いた弁護士の話もした上で、宇喜多氏に今すぐ会いたいと頼み込んだ。

しかし、秘書いわく、今日は自宅にいるが、家族そろっての夕食の日だから絶対に無理だと断られ、だったら許可などいらないと、勝手に自宅を訪ねることにしたのだ。

すでに日も暮れ、とっくに寮の門限は過ぎていた。今から外出なんて、本当だったら絶対にできない。でも宇喜多氏の自宅を確認するために在校生名簿を調べてくれた龍樹が事情を聞き、こっそり協力してくれることになった。

さらに借りたバイクを返しに行っていた榛名は、これから理友が宇喜多氏を訪ねると知り、顔をしかめて反対したが、それでも理友の決意が揺るがないとわかると、結局、宇喜多邸まで車で送ってくれたのだ。

門の前に立った理友は意を決すると、インターホンを押した。

すぐに返事があって緊張したが、それはどうやら宇喜多家のお手伝いさんだったらしい。

名前と用件を丁寧に訊ねられ、理友は正直に自分の名前を告げた。

「今井理友と言います。こんな時間に申し訳ありません。宇喜多さん……宇喜多知久さんに、お話があって伺いました」

『は、はあ……お約束はございますか？』

「ありません。でも、名前を伝えてもらえれば会ってくれるはずです」

『少々お待ちください。だんなさまに確認してまいります』

答える声から困惑が伝わるが、理友は無視した。

だが、その時、すぐ後ろに榛名がいることに気づいた。

「……あれ？　榛名さん、どうしたの？」

「ここまで来たんだ。一緒に行くよ」

「えっ？　でも車は？　路駐はまずいよね？　だいたい、これはオレの問題だし……ここまで送ってもらっただけでも有り難いのに、これ以上、迷惑はかけられないよ」

理友があわてて断ると、肩をすくめた榛名は首を振る。

「迷惑じゃないよ。それにオレは理友を心配してるだけだ。一人で乗り込む覚悟は立派だけど、やっぱり付き添いっていうか、味方はいたほうがいいだろう？　理友が嫌だっていうなら一切、口出しはしない。だから、頼む。ついていかせてくれ」

真摯な声で告げられ、理友も表情を改めた。

確かに心細くないと言ったら嘘になる。榛名が一緒に来てくれるなら心強いだろう。

無関係な人を巻き込むなんて気が進まないが、それでも誰かが一緒にいてくれるというなら、やっぱり榛名がいい。

「わかった。それじゃ、お願いします……ありがとう、榛名さん」

そう答えた時、インターホンから声が聞こえた。

『……大変お待たせいたしました。今井さま、だんなさまがお会いになるそうです。どうぞ、お入りください』

はい、と理友が返事をすると、大きな門が自動で開いた。

立派な家だけあって門の上には監視カメラもあるし、理友は思わず、しげしげと物珍しげに見回してしまったが、平然としている榛名に促され、あわてて中に入った。だが、玄関までの前庭をキョロキョロしながら歩くうちにドアが内側から開いた。どうやら、取り次いでくれたお手伝いさんが開けてくれたらしい。

（うわー、マジでお金持ちの家なんだなあ……）

そう独りごち、理友は本当に場違いなところに来てしまったと思った。

おずおずと入った玄関ホールも立派で、とても個人宅とは思えない。理友が突っ立ったまま、ポカーンとしてしまうと、お手伝いさんが声をかけてくる。

「どうぞ、応接間にご案内します」

「あ、ここで結構です」

「でも……」

「本当に、ここでかまいません。すぐ帰りますから」

そう答えて靴を脱ごうとしない理友に、お手伝いさんは困惑の表情を浮かべている。

榛名は口出ししないと約束した通り、理友の後ろで黙っていた。理友の行動に問題があれば、たぶん何か言うだろうが、今はまだ様子を見ているようだ。

すると、宇喜多氏が廊下の奥からあらわれた。

自宅にいるのにネクタイを締めているし、それほどくつろいだ服装じゃないのは、まだ家に帰ってきたばかりなんだろうか。そう考えていると、その後ろから異母兄の一久がこっそりと覗いていることに気づいた。彼も昼間とは違い、きちんとした格好をしている。

どうやら、宇喜多家は家の中でもちゃんとした格好をするらしい。そんなところも、理友のまったく知らない世界だ。

ともかく宇喜多氏が近づいてきたので、理友は行儀よく頭を下げた。

「こんばんは、宇喜多さん。いきなり夜分にお邪魔してすみません。すぐに帰りますから」

「……いや、それより、たった今、秘書から連絡をもらって、きみが会いたいと言っていたと聞いたところだったんだ。いったいどうしたんだい？」

　突然家に押しかけてきたにもかかわらず、どうやら何かあったらしいと察して、宇喜多氏は迷惑そうな顔ひとつせずに訊ねてくれた。それは理友にとっても話を切り出しやすく、本当に有り難かった。だから迷わず、単刀直入に告げた。

「今日の午後、僕は寮に戻ったところを、宇喜多先輩に……一久さんに強引に車に乗せられて拉致されました」

「拉致？」

　物騒な言葉を聞いて、宇喜多氏が顔をしかめる。

　だが、どちらかというと信じられないといった表情だったので、理友は続けた。

「一久さんが言うには、僕が昨日の夜、宇喜多さんに会ったことで腹を立てていたようです。そういった情報は弁護士の先生から筒抜けだと言ってました」

「……筒抜け？　弁護士から？」

「そうです。一久さんの口から直接、そう……」

「おい、待てよ！　ふざけんな、オレのせいにするつもりかよッ！」

　宇喜多氏に頷いた理友が、さらに説明しようとすると、一久が廊下の奥から叫んだ。

「だいたい、卑怯だぞ！　陰口とか親にチクるとか」

「陰口じゃありません。先輩の目の前で言ってるんだから。それに直接、知ったわけでもない情報で、あれこれ嫌がらせをしている先輩から卑怯だと言われたくありません」

理友が理路整然と反論すると、宇喜多氏も一久を責めるように振り返った。すると、一久は顔色を変えて近づき、父親に向かって訴えた。

「オ、オレは悪くない！　それに、こいつはオレのことを殴ったんだ！」

「……殴る？」

「見ろよ、父さん！　顔にも痕が残ってるだろう！」

そう言うと、一久は自分の顔を指で示す。そこは確かに赤くなっていた。

「だが、それはさっき、お母さんに心配されて、おまえはテニス部の練習でぶつけただけだと答えていただろう？」

「そんなの、ごまかしただけだよ！　本当はあいつに殴られたんだ」

「理友くん？　本当なのか？」

「はい。確かに、僕が平手で叩きました。でも、僕が叩くより先に一久さんから叩いたんです。先に手を出したのは一久さんです」

そう答えながら、理友は自分の頬を示す。一久に叩かれた痕は理友の顔にもある。

しかも車から道路脇に飛び降り、雑木林を転がった時の打ち身や、小枝で引っ掻いたような擦《す》り傷だって残っている。寮に戻った時に手当を受けたが、ちゃんと見れば、殴られたと騒ぐ一久より、こっちのほうが傷だらけだとわかるはずだ。

そう思いながら、ふと理友は気づいた。

宇喜多氏や一久があらわれた廊下の奥に、ひっそりと立つ人影があることを。

品のいい顔立ちをした、ほっそりとした女性だ。なんとなく面差しが似ているから、きっと一久の母親、宇喜多夫人なんだろう。息をひそめて身じろぐこともなく、じっと理友のことを見つめている、その視線を痛いくらいに感じる。

憎まれているのかもしれない、と思うと複雑な気分だった。

少なくとも、理友自身は何も迷惑をかけていない。個人的にはまったく知らない人だ。けれど、宇喜多夫人の立場に立ったら、いったい自分はどう見えるんだろう？　亡き母も、どんな存在なんだろうか？　突然あらわれて、それまでの生活を奪った憎むべき悪魔のような存在なんだろうか？

（……でも、少なくとも、宇喜多さんの奥さんだけは、こんなふうにオレに迷惑をかけられる義理はないよな。宇喜多先輩だって、お母さんが泣いてるって文句を言ってたし）

一久の行動に腹を立て、勢い余って乗り込んだところまではよかったが、その母親を見たら、理友は急に頭が冷えてしまった。それでも中途半端はよくないので、ここまで乗り込んできた用件だけは済まそうと気を取り直す。

「ともかく、こんなふうに押しかけたことは申し訳ないと思っています。だけど一久さんには以前にも嫌がらせをされていたし、今でも学校で会えば嫌味を言われるし、今日みたいに車で拉致して脅されたり……こんなことは、もうたくさんなんです」

「そうか。すまなかった、理友くん」

「いえ、宇喜多さんに謝ってもらっても何も解決しません」

宇喜多氏は謝罪するが、理友は冷ややかに遮った。

そして、きっぱりと強い口調で告げる。

「はっきり言っておきます。僕は祖母以外に肉親はいないし、学費を援助してもらえることはとても有り難く思っています。でも、それ以上の厚意は必要ないです。亡き母の遺志に添って、こちらのお家には一切、関わらないで生きていきたいと思います」

「……理友くん、それは？」

訝しげに問い返す宇喜多氏に向かって、そして憎々しげに自分を睨んでいる一久に向かって、理友は答えた。

「宇喜多さんの会社に入って、エリートコースに乗るとか出世するとか、そういったことにはまったく興味がないってことです」

けれど、そう告げた途端、一久が鼻で笑った。

「ふん、見栄張って」

「見栄なんて張ってません」

「嘘だね」

「嘘じゃないです」

理友が意地になって言い返しても、一久は口元を歪めて意味ありげに笑う。

「どんだけ否定したって嘘に決まってる。おまえみたいな身寄りも後ろ盾《だて》もない愛人の子が、宇喜多一族の末席に加わって、エリートコースに乗って出世したくないわけがない。ちゃんとわかってんのか、うちの一族の影響力を」

UGグループの総資産や系列会社、子会社がどれだけあると思ってんだ、と一久は鼻高々に自慢するが、理友は平然と答えた。

「知りません。でも知る必要があるとは思いません。それは僕には無関係です」

「む、無関係じゃないだろう！　言われたんだろうが！　宇喜多の会社に入れって」

一久がしつこく言ってくるので、いい加減、理友も閉口《へいこう》した。

すぐそばにいる榛名を見上げると、どことなく苦笑を浮かべている。

いまだに廊下の奥では宇喜多夫人が凍りついたように立ち尽くしているし、一久の隣にいる宇喜多氏も困惑しきった様子だ。でも、ここではっきりさせておかないと、いつまでたっても一久に絡まれてしまいそうだ。

それが何よりも嫌だった理友は、一久は無視して、宇喜多氏に向かって言った。

「宇喜多さんは昨日、できることなら大学卒業後はUGグループの系列会社に入ってほしいとおっしゃっていましたが、僕は入るつもりはありません」

「……そうか」

「はい」

宇喜多氏は残念そうに呟くが、理友は追い打ちをかけるように頷いた。

それでも、一久は納得していないのか、また騒ぎ始める。

「言うだけなら、いくらでも言えるからな！　信用できるか、おまえの言うことなんか！」

「ああ、うるさいな、さっきから！」

「……う、うるさいだと？　オレに向かって！」

「そうだよ！　一族とか出世とか、オレはどうだっていいんだから！　宇喜多の家がそんなに自慢するほどすごいものなら、アンタが自分で守れよ！　どんなにすごくて重要か、ちゃんとわかってるヤツが守ればいいんだ」

そう怒鳴り返すと、一久が絶句する。やっと何も言い返せなくなったらしい。それを見て、ここぞとばかりに理友は言い足した。

「だいたい、オレが宇喜多の会社に入ったって、絶対に出世するとは限らないんだし、それがエリートコースだなんてちっとも思えないね。バカバカしい」

「バ、バカバカしい？　どういう意味だ！」

「だから、そんなの、ちょっと考えればバカでもわかるよ。宇喜多の系列会社に入ったら絶対にアンタがいるんだろう？　また愛人の子だのなんだの、いちいち絡まれて、昇進するたびに嫌味を言われるに決まってるじゃん」

実際、宇喜多氏に誘われるまま、のこのこと宇喜多一族の縁故でUGグループの系列会社に入社しようものなら、至恩学院での二の舞になることは火を見るよりも明らかだ。

そんなことも気づけないほど、理友は幼くはない。

だから毅然《きぜん》として言い返す。

「オレはとにかく、死んだママの代わりにおばあちゃんに孝行するって決めてるんだ。大学を卒業して、きちんと資格とか取って手に職をつけるっていうか、食いっぱぐれのない専門職で真っ当に働いて、おばあちゃんを安心させるんだ」

だいたい、どんな大手企業であっても縁故で入社とか経営者一族の婚外子とか、そんな立場、ハイリスクだよ、ちっとも出世とかエリートじゃないし、不安定極まりない、と言い足すと、背後で噴き出す声が聞こえた。

振り返ると、榛名が我慢できなかったように口元を押さえて肩を震わせている。

「……何を笑ってるの、榛名さん？」

「いや、ごめん……でも、すごく理友らしいと思って」

「なにそれ、らしいって？」

誉められている気はしなかったので、理友はちょっとむくれた。

しかし、言いたい放題、遠慮なく言ったせいか、一久は呆然としている。ようやくお互いの考え方や価値観が違うとわかってくれたんだろうか？

そう思っていると、宇喜多氏も苦笑というより、どことなく寂しそうに微笑んだ。

「理友くん。きみの気持ちはよくわかった。いろいろ迷惑をかけて本当にすまなかったね」

「いいえ。迷惑とは違います。宇喜多さんには感謝してます」

「だったら、いいんだが」

「感謝しているのは本当ですから」

なんとなく意気消沈しているような宇喜多氏の表情が気になって、理友は少し考えてから、あらためて言った。

「本当に感謝してます。それは本当なんです。でも、ええっと、つまり……オレはあの車を、リトモをもらったことだけで充分なんです」

「あの車だけで？」

「はい」

宇喜多氏から問い返され、理友は微笑んで頷いた。

なにしろ、ずっと気になっていた車だ。

母から自分の名前の由来を教えられてから、ずっと。

幼い頃から暮らしていた田舎では誰に訊ねてもはっきりせず、あの頃は自分で調べる方法もよく知らなくて、いつまでたってもわからないままだった。

それを、フィアットのリトモじゃないか、と教えてくれたのが榛名だ。

リトモという車を初めて知っていると言ってくれて、実物を見られる場所まで探してくれて、わざわざ連れていってくれて――そして、ついに目にしたリトモは宇喜多氏のもので、かつて母が乗せてもらったリトモだったことは奇跡のような偶然だった。

そして今では、そのリトモを見つけてくれた榛名が、自分にとって他の誰にも代えられない、かけがえのない人になっている。

自分と榛名を結びつけてくれた車は、すでに母の思い出だけでなく、理友自身にとっても、大切な車なのだ。

理友はまっすぐ顔を上げて、宇喜多氏を見つめながら言った。

「いただいたリトモは、オレにとって一生の宝物です。あれだけで本当に充分です。それ以外何もいりません。どうしても、それを伝えておきたくて、夜分にいきなり押しかけてしまってすみません。失礼しました」

そう告げると、理友は深々と頭を下げた。

静かに頷いてくれた宇喜多氏にも、自分の気持ちは伝わったと思う。

もちろん、宇喜多氏には母と交わした約束があるだろうが、それと理友自身は別物だ。

そんな自分の気持ちが、どこまで異母兄の一久に伝わったのかはわからないけれど、あとは彼と彼の家族の問題であって、自分にはどうにもできない。

そう割り切った理友はあっさり背を向けると、玄関のドアを押し開けた。

外に出ると、榛名もついてくる。どことなく楽しそうな表情をしている榛名と目が合うと、茶目っ気たっぷりにウインクを投げられた。

「おつかれさん」

「榛名さんも、つき合ってくれてありがとう」

「いや、なかなか学ぶことが多かったよ」

「学ぶこと?」

「ああ」

にこやかに言われて、キョトンとした理友は首を傾げる。

どういう意味かと問い返そうとした時、背後でドアが開く音が聞こえた。

理友が振り返ると、意外なことに玄関のドアを押し開けてあらわれたのは、ほっそりとした品のいい女性——宇喜多夫人だった。

驚いて立ち止まった理友に、宇喜多夫人はためらいがちに近づいてくる。

大きな門と玄関の間にある小道のような前庭には常夜灯の淡い灯りしかないが、彼女の顔はよく見えた。おそらく、彼女にも理友の顔がよく見えているのだろう。穴が開きそうなくらい、じっくりと見つめられて理友は戸惑った。

こうやって近くで見ると、やはり母親だけに一久と目鼻立ちがそっくりだった。

ただ、さっきは遠くて気づかなかったけれど、どことなく憔悴《しょうすい》した雰囲気がある。きれいに化粧をした顔にもやつれた印象があって、ほっそりしている体型も細身というよりは、むしろ痩せてしまっただけなのかもしれない。

そんなことを考えていると、ようやく宇喜多夫人が口を開いた。

「……あ、あの」

「はい」

理友が行儀よく返事をしても、彼女はまたしても黙り込んでしまった。

呼び止めたのはいいが、何を言いたいのか、自分でもよくわかっていないようだ。

玄関では宇喜多氏もドアを開けたまま、凍りついたように固まっていた。理友も困惑して、すぐ横にいる榛名を見上げるが、肩をすくめられてしまう。

するとa沈黙に耐えかねたように、一久が父親を押し退けて駆け寄ってきた。

「母さん！　もういいから、そんなヤツ、気にするなよ！」

一久は苛立った様子で母親の腕をつかみ、家の中に連れ戻そうとする。態度は荒っぽいが、それでも彼が母親を心配していることは伝わってきたので、理友も宇喜多夫人に目を向けると礼儀正しく言った。

「こんな時間にお邪魔して、本当にすみません。もう失礼します」

けれど、そう告げてお辞儀をしても、宇喜多夫人は首を振って細い声で呟く。

「ま、待って……お願い」

「母さん！」

「お願いだから……」

宇喜多夫人は息子の手に支えられながら涙ぐみ、そんなところを見たら、いくら理友だって、さっさと背を向けて立ち去れなくなってしまう。

いったい、こんなところで何を言うつもりなんだろう、と訝しく思ったが、反対に考えると、宇喜多家の人たちは、こんなふうに追いつめられた状況にならなかったら、自分の本音を口にできないんだろうかと考える。

もし、そうだとしたら、どんなにひどい言葉であっても、亡き母に対する恨《うら》み言《ごと》であっても、耳を傾けるのが自分の——婚外子として生まれた自分の役目なんだろうか？

そう思い直し、理友は腹《はら》を括《くく》った。

もちろん、理不尽だと思わないこともなかったが、宇喜多氏や一久に対して文句があっても、宇喜多夫人に対しては何もなかったし、自分が話を聞くことで彼女の気持ちが落ちつくのなら、もらったリトモ一台分くらいの非難は受けてしかるべきかもしれないと思ったのだ。

そして、理友がきちんと耳を傾ける気になったのが伝わったのか、宇喜多夫人はおずおずと青褪めた顔を上げた。だが、まるで怖《おそ》ろしいものでも見ているような怯えた目を向けられて、理友がたじろぐと、ようやくか細い声が聞こえた。

「あ、あなたのお母さんを……今井さんを、知ってるの」

そう告げられ、理友が先を促すように首を傾げると、宇喜多夫人は視線をさまよわせながら独り言のように呟く。

「会ったこともあるのよ。主人の部下だった頃に、何度も……とても明るくて、きれいな人で、あんなに生き生きして、輝いていた彼女が亡くなってしまったなんて、まだ信じられないの。それも、あなたのような息子さんを残して……」

宇喜多夫人は呟きながら、何度も涙ぐんでいる目元を押さえる。

その涙の意味がわからなくて、理友は黙っていた。相槌を打つ必要もないと思った。

いつもは理友を憎々しげに睨むばかりの一久も、今は心配そうな表情で気遣うように母親を見つめている。そんな顔もできるんじゃん、と理友が冷静に考えていると、宇喜多夫人は声を震わせながら続けた。

「……あ、あなたのことがわかった時は、彼女に裏切られたんだと思ったの……あの頃、何も後ろめたいことなんてない顔をして親切にしてくれたけど、その陰で笑ってたんだと思ったわ。主人を問い詰めても、ただ謝るばかりで何も話してくれないし……」

わたしは毎日、悲しくて、不安で、もう一生、以前のような生活に戻れないと思ったわ、と呟きつつ、宇喜多夫人は青褪めた顔で理友を見る。

「わたしにとって、あなたは……それまでの自分の人生を、幸せだと思っていた人生のすべてを粉々に打ち砕く怪物、まさしく恐怖そのものだったわ」

涙ながらの言葉に、理友は声を失った。

自分は彼女の人生を壊す怖ろしい怪物じゃない。そう言い返したかった。

けれど、何ひとつ否定する言葉が浮かんでこなかったのだ。

そもそも、一久のように理不尽に責めるなら売り言葉に買い言葉で言い返すこともできるが、宇喜多夫人は理友だけでなく、亡き母のことも責めてはいなかった。ただ、その存在を知って不安を抱き、疑心暗鬼になって怯えていたのだ。

自分に自信が持てず、不安になってしまう気持ちは、理友にだって理解できる。

そんなふうに母親が泣くのを見ていたなら、一久に恨まれてもしょうがないのかも、という気分になってしまうくらいだ。

その一久は涙ぐむ母親を抱えるように支えながら、その耳元に囁く。

「もういいだろう、母さん」

「ま、まだ、待って」

「母さん」

息子になだめられても首を振り、宇喜多夫人はあらためて理友に目を向ける。

潤んだ瞳で見つめられて、何か言わなきゃいけないような気がして、理友はやっとのことで喉から声を押し出した。

「僕は……僕は、怪物じゃないです」

「そうね」

宇喜多夫人は否定せずに頷くと、そっと手を伸ばして理友の手に触れた。

手入れのいい、なめらかな手のひらが理友の手を包み込んで、かすかに力がこもる。

こんなにはかなげで弱々しい人が、まるで力づけようとするように。

訝しげに見つめ返すと、宇喜多夫人は震える声で、それでもはっきりと言った。

「お悔やみを言わせてちょうだい。今井さんが……あなたのお母さんが亡くなられたことを、とても残念に思うわ。もし、同じことが自分の身に起きたら……息子を残して先に逝《い》くなんて、わたしにはとても耐えられそうにないわ」

そう告げられても、やはり理友には何も答えることができなかった。

ただ黙って、お辞儀をして、彼女の手を離す。

宇喜多夫人は宙に浮いた自分の手を握りしめると、おずおずと呟くように訊ねた。

「……また、ここにいらっしゃる？　また会えるかしら？」

「いいえ。もう二度と来ません」

理友はきっぱりと答えた。

冷たい返事に聞こえるだろうが、この家に二度と来るつもりはなかった。

宇喜多夫人の顔には失望の色が浮かんでいるが、迂闊《うかつ》な返事をしようものなら、また一久に絡まれそうだし、たとえ善意の言葉であっても物事が複雑になるだけだ。

玄関から宇喜多氏が近づいてきたので、理友はあらためて丁寧に頭を下げると、それを機に宇喜多邸を後にした。

大きな門の外に出ると榛名が背中を励ますように撫でてくれて、そのあたたかな手のひらに、ようやくホッとする。すぐ近くに停めてあったマセラティに乗り込むと、本当にドッと疲れが押し寄せてきた。

「……あー、つっかれた」

理友が助手席でシートベルトをつけながら呟くと、運転席に乗り込んだ榛名が微笑む。

「すごく頑張ったよな、今日の理友は」

「うん。自分でもそう思う」

「そうだな」

「うん」

思わず、我ながら自画自賛だと思ったが、掛け値無しの本音で頷くと、榛名は笑うことなく、手を伸ばして理友の頭を優しく掻き回してくれた。

その感触が心地よくて、たまらなく嬉しくて、理友はずるずるとシートに沈み込んでいく。

一久から拉致まがいの脅しを受けて腹立たしさのあまり、頭に血が上った勢いで宇喜多家に乗り込んでしまったが、結果的にはよかったような気がする。

宇喜多氏の期待を裏切って、恩《おん》を仇《あだ》で返すようなことを言ってしまったかもしれない。

だが、いずれ言わなくてはいけなかったことだ。後悔はしていない。

（それでも、宇喜多さんに面と向かって、ちゃんと言いたいことが言えたのは……やっぱり、榛名さんがついていてくれたおかげかな？）

そう独りごち、理友は微笑んだ。

何も言わなくても榛名がそばにいてくれたことが、とても心の支えになったからだ。

そんなことを考えるともなく考えるうちに、理友はまぶたが重くなってきた。

榛名が運転しながら話しかけてきても、疲れ果てた理友の耳には子守歌にしかならず、結局、眠ってしまっていたらしい。そのことに気づいたのは、翌朝、どうやってたどりついたのか、まるでわからない自分の部屋のベッドの上で目を覚ました時だった。

5

「榛名さん、この前はホントにごめん。オレ、爆睡しちゃって……」

「いや、謝らなくてもいいけど、マジで爆睡してたよなー、理友。どうやって部屋に戻ったか、まったく覚えてないってのもすごいけど」

運転席の榛名に笑われ、助手席の理友は穴があったら入りたい気持ちになった。

あの夜、車の中で疲れ果てて眠ってしまった理友は、寮についてもまったく目を覚まさず、結局、待っていた龍樹が引きずるようにして部屋に連れ帰ってくれたらしい。榛名が見かねて、自分が部屋まで運ぶと言っても龍樹が首を振り、いくらなんでも門限破りの上に部外者が寮に入るのはダメだと断固拒否したそうだ。

（あー、恥ずかしい……リュージュにはデカい借りができちゃったなあ）

そう独りごち、理友は窓の外を見上げる。

真っ青な空の下、マセラティは横浜を走っている。

理友は終業式も終わって春休みに入ったし、多忙だった榛名も仕事が一段落ついたらしく、今日はドライブでもしようと誘われたのだ。夕方には賢一の剣道の試合を見に行った龍樹とも合流し、来週、御殿場に一緒に遊びに行く計画を立てようと約束している。

なめらかにマセラティを走らせていた榛名は、ふと思い出したように口を開いた。

「ところで、あれから何もないか？　あっちの……宇喜多さん家《ち》から」

「うん、なーんにもない。そういえば、終業式で宇喜多先輩とすれ違ったけど、珍しいことに何も言ってこなかった」

「そっか。それはよかったって言っていいんだよな？」

「うん」

理友は笑顔で頷いた。宇喜多家に押しかけた翌日、宇喜多氏の秘書から電話があり、勝手に訪ねたことへの文句を溜息混じりに言われたが、反応といったらそれだけだった。あの後で、どんな話し合いが宇喜多家であったのかも知らない。宇喜多氏や宇喜多夫人、異母兄のことはあちらの家の問題だから、理友にできることは何もないし、一度、そう決めたからには、一切かかわるつもりはなかった。

それについては榛名に頼んで、榛名の兄にも伝えてもらった。宇喜多氏が再び、榛名の兄を通して、自分に会おうとすることなどないだろうが、念のためだ。

そうするうちに榛名の運転するマセラティは、横浜にある超高層タワーの地下パーキングに滑り込んだ。

「あれ、榛名さん、今日はドライブじゃなかったの？」

理友が訝しげに訊ねると、榛名はパーキングスペースに車を停めながら答える。

「ちょっとお茶しよう……っていうか、悪いんだけどさ、理友につき合ってもらいたいんだ。オレの用事に」

「かまわないけど、オレがいても邪魔にならない？」

「ならない。むしろ、いてほしいかな」

「んん？」

そう言われ、理友が首をひねっていると、榛名が意味ありげな苦笑を浮かべた。

そして、マセラティの運転席を降りながら携帯電話を取り出し、どこかに電話をかける。

何も聞いていなかった理友は首を傾げるばかりだ。助手席から降り、榛名を見上げていると、相手が出たようで榛名が口を開いた。

「ああ、今、ついた。地下のパーキングにいる……そっちの部屋じゃまずいか。だったら上のラウンジでも行くか？」

そうか、わかった、と言いながら榛名は振り返って、理友を手招きする。

電話で話す口調はとても親しそうで、なんとなく嫌な予感がした。

携帯電話をしまい込んだ榛名とともにエレベーターに乗り込み、もっとも高い七十階にあるラウンジに上がっていく間も嫌な感じが消えなかった。

どことなく榛名が緊張しているというか、様子がおかしかったからだ。

そして、理友の予感は的中した。七十階についてエレベーターから降りると、ラウンジ前に羽田が立っていた。

「理友くん、こんにちは」

榛名とは視線を合わせて頷き合っただけで、羽田はにっこりと微笑みかけてくる。

理友も仕方なく、ぎこちない笑みを浮かべながら挨拶した。

「こんにちは。ごぶさたしてます」

「たいして、ごぶさたって感じはしないけど……あ、そういえば、神崎先生の教官室の片付け、ずいぶん手伝ってくれたんだって？　先生にお礼の電話をもらっちゃったよ。とても真面目でいい子だって誉めてたよ」

羽田はにこやかに話しながら先に立って歩き、ラウンジの入り口で出迎えたボーイに部屋のキーを見せながら声をかけている。どうやら羽田はこのホテルに宿泊中で、あらかじめ予約を入れておいたらしい。

横浜を見下ろす眺めのいいラウンジの、奥まったところにあるボックスシートに案内され、それぞれに腰を下ろすと、榛名も羽田も慣れた雰囲気でメニューも見ずにコーヒーを頼んだ。

理友はあたふたしながらボーイが恭《うやうや》しく差し出してくれたメニューを見て、グレープフルーツジュースを注文したが、ふと金額が目に入って驚いた。

「……ジュ、ジュースが千円以上するって、どんなグレープフルーツを使ってんだろう?」

　ボーイが去った後、理友が呟くと隣にいる榛名が噴き出した。

「もしかしたら、スイカぐらいの大きさの貴重なグレープフルーツかもしれないぞ。それか、十人前とか?　バケツに入ってるかも」

「そんなに飲んだら、お腹壊しちゃうよ、オレ」

「つーか、全部、飲み終わる前に飽きるな」

　たわいもないことを話しているうちに、ボーイが戻ってきて、コーヒーとともにごく普通のしゃれたグラスをテーブルの上に置いていく。つい榛名と目を合わせながら笑ってしまうと、ボーイが立ち去ってから羽田が言った。

「値段は場所代だよ。眺めのいいところで飲んでも味は変わらないけど」

「そりゃ、そうだけど……おまえって、いつも身も蓋《ふた》もないこと言うよな。そういうところ、兄貴にクリソツ」

　榛名が顔をしかめてぼやくと、羽田は肩をすくめるだけで応じた。

　一方、理友はストローをグラスに差しつつ、子供っぽいことを言ってしまったと、ちょっと恥ずかしくなっていた。確かに羽田の言った通り、周囲を見渡すと、七十階という高さだけにラウンジの大きな窓からは遮るものなく横浜の街が一望できる。場所代、景色代と言われても納得できるくらいの見事な眺めだった。

そういったことに自分で気づかないところが子供だな、と我ながら落ち込んでしまう。

それでも、さすがにゴージャスなホテルのラウンジだけあって、味はおいしいと思いながら飲んでいると隣に座る榛名がさりげなく羽田に訊ねた。

「……ところで、おまえ、なんでホテル暮らしなんかしてんの？」

「楽だから」

「でも、おまえのお袋さんって、まだ横浜にいるだろう？」

「いるよ。だけど、いろいろ面倒だから帰国したことも連絡してない」

「マジかよ？」

「ああ。向こうも気にしてないし……話したっけ？　あの人、また結婚したんだよね。オレ、おかげで種違いの二十歳以上、年の離れた妹ができちゃってさ」

「うわっ、すげえな、それ」

「まったくだよ」

羽田はそっけなく答えるとコーヒーを飲み、チラリと榛名に視線を向ける。

「ねえ、峻？　まさか、そんなどうでもいいような話をしたくて、わざわざ理友くんを連れて押しかけてきたわけじゃないんだろう？」

「……まあ、そうだけど」

「それだったら、さっさと本題に入ってくれない？」

冷ややかに促されても、榛名はすぐに口を開かなかった。

ラウンジに流れる静かな音楽に混じって、他の客のさざめきが聞こえるばかりだ。

いつまでたっても榛名は頬杖をつき、険しい表情を浮かべている。

居心地が悪くなり、理友がソファの上でモゾモゾしていると、羽田が苦笑を向けてきた。

本当に困ったヤツだよね、と居心地の悪さに共感してくれるような笑みを見ると、いっそういたたまれなくなって、おずおずと口を開いた。

「……オレ、関係ないようだし、席を外したほうがいいんだったら」

「理友はいてくれ」

「そ、そう？」

腰を浮かしかけた理友を制止して、榛名は短く答える。

仕方なく理友がソファに座り直すと、やっと意を決したように顔を上げた榛名は、まっすぐ睨むように羽田を見据えながら口を開いた。

「サキ……オレ、バイクに乗れたんだ」

「――え？」

「乗れるようになったのは、つい最近なんだけど……あっけないもんだな。一度、走れたら、あんなに乗れなくて苦労してたのが、まるで嘘みたいに平気になった」

榛名は淡々と説明を続ける。

だが、それを聞く羽田は息を呑んだまま、凍りついていた。

そんな彼の反応を見るだけで、バイクに乗れなくなっていた当時の榛名の状況が、どんなに深刻だったのか、わかるような気がする。

そして、羽田は探るような目で榛名を見つめながら静かに訊ねた。

「もう治療とかカウンセリングは受けてないって……心療内科やリハビリの先生のところには行ってないって聞いてたけど、どうやって克服できたの？」

「誰の情報だよ、それ」

「ニュースソースは明かせないよ。独自のルートということで」

「ふん。どうせ兄貴か、仲間内の誰かだろ？」

「だから明かす気はないって」

羽田は表情も変えずに首を振り、そっけなく言い返す。

けれど、榛名のほうも本気で確かめる気はないのか、肩をすくめると理友に目を向けながら苦笑を浮かべた。

「実を言うと、克服したってほどの話でもないんだ。理友が腹違いの兄貴に拉致られて、すぐ追いかけないとまずい状況で、とっさにバイクが目に入って……貸してもらった時は夢中で、自分が乗れなくなってたのを忘れてただけで」

「……拉致？　理友くんが？」

そう繰り返した羽田が心配そうに目を向けてくるので、理友はあわてて言った。

「だけど、すぐに榛名さんがバイクで追いかけてきて、助けてくれたから、大事には至らずに済みました」

「そう……そうなんだ。だったらよかった」

そう呟くと、羽田は心底、ホッとしたように息を吐いた。

その言葉には感情がこもっていて、本当に心配してくれたんだと伝わってくる。

(この人、なんだか、つかみどころがないっていうか、わけがわからない人だけど……だけど、やっぱり悪い人じゃないみたい?)

そんな気持ちが強くなって、理友はまじまじと羽田を見つめた。

すると羽田も、真剣な表情で見つめ返してくる。

「理友くん。前にも言ったと思うけど、異母兄とか正妻とか、真面目に相手をしたって本当に無駄だからね。こっちが危ない目に遭ったり、消耗させられるだけなんだし、なるべくうまくやり過ごさないと」

「ええ。本当に羽田さんの言う通りでした。だから、二度とかかわらないって決めました」

「……二度と、かかわらないって?」

「オレの父親だという人が死んだ母に頼まれて、いろいろ学費とか援助してくれてるんですが、それ以上のことは必要ないって、はっきり言ってきたんです」

そう答えると、羽田は怪訝な顔になる。

「言ってきたって……はっきり言えば、済む問題なの？」

「とりあえず、わかったって言ってましたよ」

「……いや、言ってたって、それは」

羽田が信じられないといった表情で食い下がってくると、榛名が横から口を挟んだ。

「サキ。マジなんだってば」

「マジって？」

「だから、理友はマジで自分の親父の家に乗り込んでって、きっぱりはっきり言いたいことを言ってきたんだよ。あれは横で見てても、いたたまれなくなるっていうか、親父さんのほうがかわいそうになるくらい、きっぱりはっきりだった」

榛名は頬杖をつき、苦笑混じりに説明する。

だが、羽田はいっそう信じられないように目を見開いた。

「乗り込むって……しかも、それって、その場に峻もいたわけ？」

「いたよ。オブザーバーっていうか、運転手っていうか……はっきりいって頭に血が上ってる理友が心配だったんで強引についていったんだけど、あらためて考えると、あれは理友一人で全然平気だったな」

「え？　そんなことないよ！　榛名さんがいてくれて心強かったよ」

「そうか？」

「うん」

理友は力強く頷いた。

最初は自分でも一人で平気だと思っていたが、あれは何も考えていなかっただけだ。

行こうと決めた時には、とにかく一刻でも早く宇喜多氏に会って、自分の思っていることを伝えてしまいたいと、それだけで頭がいっぱいだったのだ。

すると頷く理友に笑みを返して、榛名はあらためて羽田に目を向ける。

「オレは、あの時の理友に……ある意味、残酷っていうか、きついことでも、はっきり相手に告げることが大事な時もあるって教えられたんだ」

「ふうん？」

首を傾げた羽田は足を組み、ソファにもたれて腕を組む。

すると榛名は目を逸らすことなく、まっすぐに羽田を見つめたままで言った。

「おまえは再会した時……オレに謝りたいとか最初からやり直したいとか、そういったことを言ってたよな？」

それは理友が偶然、立ち聞きしてしまった話だった。

しかも、その話を聞いて以来、ずっと理友の心の奥に小骨のように刺さっている――榛名が、ずっと落ち込んでしまうほど傷ついたという以前の恋人、羽田の存在が。

すると、理友が息を呑んだことに気づいたのか、羽田が茶化すように笑った。

「ようやく本題に入ったみたいだね、峻」

「サキ、はぐらかすなよ」

榛名は顔をしかめて言い返す。

「あの時、オレはおまえの訊いてきたことに何も答えていなかったし……どちらかといえば、はっきり答えるつもりもなかった」

「それは、わかりきった答えになるからだろう？　答える必要がないほど」

羽田は冷ややかに言ったが、榛名は首を振る。

「そうじゃない。オレは……謝るんだったら、むしろ、オレのほうだと思ってた」

「どうして？　何も言わないで留学したのはオレだよ？　あの頃、まだ事故やケガの後遺症で苦しんでた峻を放り出すように海外に逃げたんだから、誰が聞いたってオレのほうが一方的に悪いだろう？」

羽田は自らの行いを自嘲気味に語る。けれど榛名は再び、首を振った。

「でも、当時はオレも荒れてたし、自分のことだけで精一杯だったし……だから、どちらかが一方的に悪いってことはない」

「……だけど」

「たとえ、悪かったとしても同罪なんだ。オレたち二人とも」

そう言われ、羽田は言いかけた言葉を飲み込んだ。

榛名も過去を振り返っているのか、うつむきながら目を閉じて呟く。

「あの頃、オレはいつだってサキに甘えてたし、どんなわがままでも聞いてもらって、いつもそばにいて当たり前って思い込んでたし……そういう自分を許してもらってるっていう自覚もまったくなかった」

とどのつまり、レースやバイクのことしか考えてなかったんだけど、と苦笑混じりに語った榛名は溜息を漏らすと顔を上げた。

「結局、オレはおまえがいなくなるまで、ちゃんと考えたこともなかったんだ。お互いの関係とかつき合いとか、おまえが何を考えてたのかとか……ずっと、ガキの頃から一緒だったし、あらためて考えることでもなくて」

「それはつまり、ようやく考えたってこと？」

「そうだな」

羽田の皮肉っぽい口調の問いかけに、榛名は真面目な顔で頷いた。

「オレにとって、おまえは今でもガキの頃からの幼なじみだし……もっとも信頼してる、一番頼れる、なんでも話せる友人だってことは変わらないよ」

「……友人か」

そう呟き、羽田は意味ありげな苦笑を浮かべる。

「以前は幼なじみで、親友とか悪友とかいうような一番つき合いが長い友だちで……さらに、もっと親密なこともするような関係だったけど……今は、ただの友人？」

羽田は周囲を気にして、囁くような低い声で問い返した。

するると、榛名は言葉を探しているように、ぽつりぽつりと答える。

「そうなるな。長いつき合いだから、今でも友情は感じてるよ……だけど以前のような関係は、もう終わったんだと思う。だから、よりを戻すとか、そういうことは考えられない。むしろ、やり直すより、おまえが許してくれるなら、もっと別の関係を作りたい」

そこまで言うと、榛名はようやく肩の荷が下りたという感じで天を仰いで、ソファに背中を預けながら理友に目を向けた。

「理友も悪かったな、つき合わせて……でも、おまえのいないところで、こんな話をするのもどうかって思ったから」

そう言われて、返事に迷った理友が答える前に、羽田が口を挟んだ。

「信じられないな。そんな気配りが峻にできるようになったなんて……変わったっていうか、本当に成長したんだね」

「なんだ、それ」

「言葉通りの意味だって」

榛名が憮然としても、羽田は平然と言い返す。

「ともかく話はわかったよ、峻。とっくに予測してたことだし」

「……予測？」

「ああ。あらかじめ、さまざまな事態を予測しておくのが賢い人間のやることだよ。いい加減、峻も猿から人間に進化しろよ」

「うるせえな、さっきは成長したって言ったのに」

「成長っていっても、幼稚園児が小学校に入った程度だよ」

そっけなく言い返すと、羽田はどことなく、おもしろがっているような笑みを浮かべながら、榛名を見た。

「あ、それと誤解があるようだから訂正しておくけど……オレは峻と、よりを戻したいとか、やり直したいとか、そんなことは言ってないからね」

「へ？」

榛名が唖然とすると、羽田は肩をすくめる。

「いや、留学中、謝りたかったのは本当だけど……よりを戻すとか、やり直したいとか、もしオレが考えてたとしたら、どうするって聞いただけだよ？」

「……えっ？　そうだったか？」

「そうだよ。そういや、オレが何のために帰国したか、まだ言ってなかったよね？」

「ああ、聞いてない」

いったい、なんだったんだよ、と問い返す榛名に、ぬるくなったコーヒーを飲み干した羽田は意味ありげに微笑む。

「峻に新しい恋人ができたって聞いたから、その相手を見に来たんだよ」

「げっ、誰に聞いたんだよっ！」

「だから、ニュースソースは明かさないよ」

そう答えた羽田は、理友にもウインクを投げてくる。

「それだけに、最初に学校の屋上で理友くんに会った時、彼から聞かせてもらった峻の話も、いったいどこの誰なんだっていう感じで驚いたよ」

「おい、サキ！」

「学生時代はレースにかまけて、ろくに勉強もしないでサボってばっかり、テストや成績にも無関心だった峻が、理友くんにテストは無事に終わったかなんて、ニヤけた顔で訊いたりする珍しい姿が見られて感動したし」

ほとんど別人だよね、自分は昔、宿題も授業のノートも全部、オレまかせだったくせに、とからかうようにぼやかれて、榛名は呻きながら頭を抱え込んでしまう。

そして、微笑む羽田はおもむろに理友に目を向けた。

「……それでも、おそらくオレと一緒にいたら、いつまでたっても変わらなかっただろうし、そうやって峻が変わったことが確認できただけでも帰国してよかったよ」

「サキは結局、オレの進化を見物しに来たのか？」

「まあ、端的《たんてき》に言えばそうかも」

「くっそー」

悔しそうに呻く榛名を、羽田は明るく笑い飛ばす。

ぽんぽんと軽口を交わし合っている二人は、さっきまでとは打って変わって、もうすっかりいつもの調子に戻っていた。

これが幼なじみというものなんだろうか？

そんなことを考えるうちに、カラランとグラスの中で溶けた氷が音を立てた。

理友が戸惑いながらも、すっかり水っぽくなったジュースをストローで掻き回していると、耳慣れた着信メロディが聞こえてきた。

「あれ？　理友のケータイか」

「うん……あ、リュージュからメールが来てる」

榛名に言われて、理友が急いで自分の携帯電話を確かめると、待ち合わせの約束をしている龍樹からメールが入っていた。賢一の剣道の試合も無事に終わって、もう一緒に横浜近くまで戻ってきているらしい。

そう伝えると、榛名が伝票を取って立ち上がった。

「じゃ、もう行くか」

「そうだね、話も終わったし」

　羽田も立ち上がり、理友もあわてて二人の後を追いかける。

　誘ったのはこっちだから、と榛名が会計を済ませる間、理友は羽田とエレベーターホールに向かったが、二人だけになってしまうと、なんとなく居心地が悪かった。

　黙っているのも気まずいが、ヘタに口を開いたら余計なことを言ってしまいそうで、理友が困っていると、羽田のほうから声をかけてきた。

「ねえ、理友くん」

「はい？」

「……本当に、峻はバイクに乗れたの？」

「ええ、乗ってました。オレも乗れないって聞いてたから、びっくりしたけど」

「乗れないって聞いた？　峻から？」

　羽田が怪訝な顔で問い返すので、理友はあわてて頷いた。

「そうです。榛名さんに聞きました。事故の後、どうしてもバイクに乗れなくなってレースを引退したんだって……だけど、久しぶりだから自信がないって言ってたけど、オレは帰り道に後ろに乗せてもらったし、ホントにちゃんと乗ってましたよ」

　そう答えると、羽田はまさしく信じられないといった表情になった。

　そこに榛名が戻ってきて、首を傾げる。

「おまたせ……って、どうかしたか？　二人とも」

「峻が本当にバイクに乗れたのか、理友くんに確認したんだ。ニケツまでしたって？」

「ああ、それはしょうがなかったんだ。郊外の雑木林ン中に置いてきぼりにされちゃってさ、バイク以外にアシがなかったし」

榛名はあっさり答えるが、羽田はまだ信じられないように呟く。

「それにしたって、現役時代は絶対、自分の後ろに誰も乗せなかったのに……」

「昔はな。でも、もうレーサーじゃねーし」

なんでもないことのように答えながら、榛名はエレベーターのボタンを押した。

エレベーターホールには三人しかいなかったせいか、羽田はしばらくためらった後で再び、榛名に訊ねた。

「レース復帰は考えないの？　また乗れるようになったんだし……」

「乗れたからって、サーキットで戦えるわけじゃないからな。それにオレは今、これでも一応、会社オーナーなんだぜ？　やっと合併も本決まりになって規模拡大するところだし」

「大きくなるっていっても支社が増える程度だろう？　会社経営がしたいなら、ハルナ運輸に入ればいいんだ。創業者の孫だし、お父さんやお兄さんも喜ぶし……今でも家業を手伝えって言われてるくせに」

他に人がいないとはいっても、あまりにも羽田がずけずけ言うので、横で聞いている理友は目を丸くしてしまった。言っていることは正論かもしれないが、いくらなんでもあんまりだと思っていると、榛名が苦笑を浮かべた。

「そりゃあ、資本金千二百億以上、社員総数十五万のハルナ運輸に比べたら、めっちゃ零細《れいさい》な社員五十人足らずの会社かもしれないけど、親父はまだしも兄貴がいる会社に、オレは絶対に入らねーよ」

「まだ比べられるとムカつくとか、くだらないことを言ってるんだ?」

「オレにとっては、くだらないことじゃない」

羽田は手に負えないといった感じで肩をすくめたが、榛名はきっぱりと言い返す。

「兄貴は跡取りなんだし、自分で跡取りの自覚を持ってハルナ運輸を継ぐ気満々なんだから、それでいいよ。でも、オレはオレの道を行く。いつも兄貴と比べられるとわかっている場所に行くつもりはない」

「……ふうん?　峻はいつまでたっても、わがままを言える立場でいいね」

「そうだな。これについてはオレもずっと、わがままっていうか、甘ったれてんだろうなって自分でも思ってたよ」

榛名が苦笑混じりに答えると、羽田が訝しげに首を傾げる。

「思ってたって、どういうこと?」

だが、問い返す羽田に、榛名は意味ありげに笑うだけで答えず、理友に向かってウインクを投げてくる。その意味がわからなくて、理友がキョトンとしていると、ようやく上がってきたエレベーターのドアが開いた。

返事をあきらめたのか、先に中に入っていく羽田は、地下でいいんだよね、と確認しながらボタンを押して、さらに六十階のボタンを押す。

それを見て、榛名は口笛を吹いた。

「六十階に泊まってるんだ？　眺めがよさそうだな」

「いいよ。見に来る？」

羽田は気安く応じるが、榛名は首を振った。

「いや、今は理友の友だちを待たせてるからやめとく。でも、近いうちに昔の仲間で集まって、メシでも食おうぜ……あ、もちろん、おまえさえよかったらって話だけど」

榛名の誘いに、羽田はわずかに口元を緩めた。

どことなく自嘲するような表情の変化を理友は見逃さなかった。

けれど、エレベーターのドアが開いた瞬間、そんな表情は一瞬にして消えてしまった。

六十階で降りた羽田は、くるりと振り向くと、いつものように親しげな笑みを浮かべながら手を振った。

「いつでも誘ってよ、峻さえよかったら。それじゃ、またね……理友くんも」

「……あ、はい」

理友があわてて、ぺこりとお辞儀をして顔を上げた時にはドアが閉まっていた。

エレベーターの中で二人だけになった途端、榛名はどことなくホッとしたような顔になり、ようやく張りつめていた緊張の糸が緩んだように深々と息を吐く。

思わず、その横顔を見上げると、榛名も視線に気づいて、理友を見下ろしてくる。

「理友、ごめん。つき合わせて悪かったな」

「ううん」

すまなそうに謝る榛名に首を振りつつ、理友はなんとなく気づいてしまった。

もしかしたら勘違いかもしれない。的外れな推測かもしれない。でも羽田は今でも変わらず、いや、今も昔も変わりなく榛名が好きなんじゃないだろうか？

羽田はいまだに突然、榛名を振って、海外に行ってしまった理由を話してはいない。

今さら話したとしても意味がないことだというように。

おそらく理友がいるから――榛名の新しい恋人がいるから。

それこそ、すでに榛名の気持ちが理友に移ってしまっているから、自分の気持ちを告げずに終わったことにしてしまったように思える。

気のせいだろうか？　自分の考えすぎだろうか？

けれど理友も榛名が好きだからこそ、羽田の行動や言動に自分と同じような好意とか愛情が透けて見えるような気がする。

(――オレは榛名さんを返すべきなんだろうか、羽田さんに)

そんなふうに考えた途端、急に理友はガンガンと耳鳴りがして目がくらみ、思わず、足下がふらついてしまった。

すると隣に立っていた榛名が、さりげなく手を差し伸べて背中を支えてくれる。

「だいじょうぶか、理友?」

「う、うん」

「高層タワーの高速エレベーターだから、一気に地下まで降りると気持ち悪くなるよな」

「……あ、そうか。そのせいかも」

うつむいた理友は額を押さえながら上擦《うわず》った声で答えた。

すると榛名は心配そうに、ゆっくりと大きな手のひらで背中をさすってくれる。

そのぬくもりを感じながら理友は思い直す。

羽田に榛名を返すべきとか、さっきの自分の考えはひどく傲慢だったと。

榛名と羽田の問題は、彼らの問題だ。いくら不安でも、自分があれこれと勝手に考えて首を突っ込んでいい問題じゃない。だいたい返すとか、譲るとか、人と人との関係はそんなふうに扱うものではない。それはあまりにも傲慢だ。

もちろん、相手の気持ちを思いやるのは大切なことだろう。だが、だからといって人の心に勝手に踏み込んでいいはずがない。たとえ羽田の本当の気持ちに気がついたとしても、理友ができることは何もない。

（だって、オレだって榛名さんが大好きなんだから……誰にも渡したくないんだから）

そう思った時、ようやくエレベーターが停まってドアが開いた。

地下のパーキングは人の気配もなく、静まり返っていた。

「行くぞ、理友」

榛名は声をかけながら、さりげなく理友と手を繋いでしまう。

「……は、榛名さん！　恥ずかしいよ」

「誰もいないからいいじゃん」

そう言いながら振り返り、榛名はニヤリと笑う。

そんな笑みを向けられてしまうと、理友も笑うしかない。

ためらいがちに手を繋いだまま、広々としたパーキングを歩いていると、さりげなく榛名が訊ねてきた。

「なあ、理友……呆れたか？」

「ん？」

急に意外なことを言われ、理友は目を丸くした。

だが、榛名は溜息混じりに呟く。

「さっきから、ずっと黙り込んでるし……今日はオレ、みっともないところを見せちゃったし、理友に呆れられてもしょうがないんだけどさ」

「そんなことないよ、みっともないとか思ってないし、呆れてもいないよ」

「マジで?」

「マジマジ!」

即答した理友は、あわてて繋いだ手に力を込めて握り返す。

それでも、見上げた榛名の横顔はどことなく浮かない表情だ。自分のマセラティを見つけて、そちらに足を向けながら、独り言のように呟く。

「実際、今日は迷ったんだ。理友に、いてもらうべきなのか、否か……だけど、サキのことは理友も気にしてたし、なんとなく一緒にいてもらったほうがいいと思って」

そんな本音を聞かされ、理友も考える。

さっきの榛名と羽田の会話を聞いていた時は複雑な気持ちになったが、まったく何も知らず、自分がいないところで交わされた会話だとしたら、もっと複雑な気分になっただろう。それは確かだ。だから理友ははっきりと告げた。

「オレも同席させてもらってよかったって思ってるよ」

「そうか?」

「うん」

しっかり頷くと、榛名が振り向いた。その顔には安堵《あんど》の表情が浮かんでいた。

いろいろ思い悩みながら迷いつつ、それでも自分を一緒に連れてきてくれたのだと思ったら、理友はなんだか、ふつふつと嬉しくなってしまった。やっと榛名のマセラティにたどりついて、互いの手を離した時には、ちょっと寂しい気がしたくらいだ。

マセラティに乗り込んで助手席のシートベルトに手を伸ばしながら、ふと思い立った理友は運転席に目を向けた。隣に座っている榛名もシートベルトに手を伸ばしていたが、理友の視線に首を傾げながら微笑む。

「理友、どうした？」

名前を呼んでくれた声が優しくて、それもたまらなく嬉しくなってしまった理友は思わず、シートから身を乗り出して運転席に近づき、榛名の肩に両手を回して引き寄せた。

間近にある整った顔は驚いたように目を丸くしていた。

だが、それにはかまわず、理友は自分から口唇を重ねていく。

そっと触れるだけで胸の奥が熱くなる。

鼓動も一気に跳ね上がって、体温まで上がってしまいそうだった。

榛名のことが好きだと思ったら、急に我慢できなくなって、キスをしたくなっただけなのに、吐息の熱さを感じるうちに離れがたくなってしまう。

「……んっ」

しかも理友があえかな吐息を漏らした途端、わずかに開いた口唇の間に、するりと熱い舌先が滑り込んできた。歯列を割って侵入した舌先に敏感な上顎を舐められ、触れるだけのキスがどんどん深くなっていく。

先に欲しくなって求めたのは理友だったのに、気づいた時には榛名の膝の上に抱え上げられ、とろけるように甘いキスに応えるだけで精一杯になった。

髪を撫でられながら、何度も口唇を重ね合い、吐息までひとつになるようなキスを繰り返す。

だが、あっという間に頭の芯《しん》までとろけてしまった理友は、次第に息を継ぐのも困難になり、ひたすら榛名にしがみついて、キスに応えるだけになっていた。

なにしろ、榛名のキスはやたらと気持ちがよくて、すごく上手だから、理友はどんな時でも夢心地になってしまうのだ。

それでも荒々しく貪《むさぼ》るようだったキスが、優しく頬の上を撫でるようなものに変わった時、理友は息も絶え絶えになりながら呟いた。

「……は、榛名さん」

「ん?」

「す、好き……大好き」

やっとのことで、それだけを呟くと、榛名が微笑む気配がした。

理友の鼻先にキスをしながら優しい声が囁く。

「オレも」

「で、でもね……こ、こんなトコで、こんなキスしちゃ、だめ」

「そっか、ごめん」

喘ぐように抗議すると、榛名が笑いながら謝るが、少しも反省しているようには見えない。

理友が不満そうに口唇を尖らせても、嬉しそうに微笑むばかりだった。

「榛名さんってば、もう……！」

「でも、いきなり理友からキスしてくれるから、つい嬉しくなっちゃってさ」

「……しょ、しょうがないじゃん、それは！　だ、だけど、オレだって、自分から榛名さんにキスしたくなることがあるんだもん」

そう言い返しながら、理友は真っ赤になって自分を見る榛名から目を逸らした。

なんだか、急に恥ずかしくなってしまったのだ。

キスしたいと思った時は、その衝動のまま、勢いで行動してしまったが、我に返ると一気に恥ずかしさが増してくる。

あわてて手の甲で口元を拭い、理友は助手席に戻った。

榛名は手を貸してくれるが、その顔は楽しそうに緩みまくっていた。

「榛名さん、なんで、そんなにニヤけてるの？　おかしいよ！」

「だって、照れてる理友が可愛いから」

「て、ててて、照れてなんか……！」

「照れてないけど、耳まで真っ赤になっちゃうんだ?」

「そうだよ！　これはちょっと暑いだけで、照れてるわけじゃないからね！」

理友は言い返しながら助手席のシートベルトをつけたが、その隣で榛名はステアリングの上に頬杖をつくようにして微笑んでいた。

「な、なあに、榛名さん?」

恥ずかしさといたたまれなさが相まって、つい問い詰めるような口調になってしまったが、榛名は気にした様子もなく、笑みを浮かべたままで答えた。

「いや、理友はいつも裏表がなくて、真っ向正面勝負でいいなあって」

「裏表がない?」

「ああ。嬉しい時も楽しい時も、悔しい時や怒ってる時だって、いつも全力マックス上等で、余裕がないかもしれないけど嘘もないよな」

そんなことを言われ、理友がキョトンとすると、榛名はいっそう笑みを深める。

「いつも一生懸命で、いっぱいいっぱいなところが可愛いし、最近は理友のそういうところを、オレは尊敬してるんだよ、マジで」

「……そ、尊敬って意味わかんないよ?」

「そっかなあ?」

「うん」

「だったら、うーん……愛してるっていうか、惚れ直したっていうのは？」

　榛名はさりげなく告げるが、そんな言葉を言われた途端、理友は沸騰したように耳や首まで真っ赤になってしまった。

「ななな、なっ……なんで、そんな恥ずかしいこと、平気で言えるの？」

「恥ずかしいかな、オレの本心だけど」

「はっ、恥ずかしいよっ！　だ、だいたい、こんなところで、あんなすごいキスするなんて、榛名さん、どうかしてるよっ」

「え、オレかよ？　先にキスしてきたのは理友だろ？」

「あああ、あれは……！」

　理友が真っ赤になったまま、必死に言い返していると、不意にポケットの中から携帯電話の着信メロディが鳴り出した。あわてて引っぱり出せば、賢一からだった。

「あーっ！　こんなところで言い合ってる場合じゃなかったんだ！　賢ちゃんとリュージュが待ってるんだから」

　思わず、理友がそう叫ぶと、運転席の榛名は噴き出した。

「榛名さん、なんで笑ってるの？」

「……やっぱり、いいなあ、理友はって思っただけ」

「なにそれ？」

なんだか、ちっとも誉められた気がしない理友が憮然として口唇を尖らせると、運転席から身を乗り出した榛名は、そこにすばやくキスをした。

「は、榛名さんっ！」

「ほら、理友、いいから、オレに怒るより先に電話に出てやれよ」

そう笑いながら、榛名は車をパーキングから出していく。

まだ顔から熱が引かない理友は、もっといろいろ言い返したかったが、ともかく携帯電話の通話ボタンを押した。

『理友？　今、どこだよっていうか、いったい、いつまで待たせるんだよ！　オレ、すっげえ腹ペッコペコなんだけど！』

「ごめん、賢ちゃん。どこにいるの？　すぐ迎えに行く」

あわてて賢一に謝ると、ステアリングを切る榛名が微笑んだ。

「理友。待たせた詫びに今夜、めいっぱい肉を食わせてやるって言えよ」

「ん、お肉？　賢ちゃん、榛名さんが待たせたお詫びに、お肉食べさせてくれるって」

榛名に言われた通りに告げると、電話の向こうで、やったー、と喜ぶ声が聞こえてくる。

「賢ちゃん、めちゃくちゃ喜んでるよ」

「おお、期待していいぞ。めっちゃうまい焼き肉、連れてってやるから」

「ホントに？」

「ああ」

まだまだ色気よりも食い気な理友も嬉しそうに目を輝かせると、榛名は茶目っ気たっぷりにウインクを投げた。

「だから、もう一回、キスしてくれよ、理友」

「え？　ななな、何を……」

「ほら早く！　地下から出る前に」

「えっ、ええっと……」

榛名から急かすようにねだられ、理友は困り果てた。

だが、結局、地下パーキングから出るゲートで一時停止をした時、楽しそうに微笑む口元に、すばやく口唇を押し当てたのであった。

Epilogue

「おーっ、理友、すげー！　ちゃんと運転してんじゃん！」

「……だけど、ちょっと右に流れ気味かな」

「ほら、理友！　もっとしっかりステアリングを握れ」

そんな声をかけられて、ガタガタと騒がしい音を立てながら、理友の運転している真っ赤なフィアットのリトモ・アバルトは木立の中の道を器用に曲がっていく。

それを道端で眺めながら野次を飛ばしているのは榛名と、一緒に御殿場に遊びに来た賢一と龍樹だった。

せっかく名前をもらった車の所有者になったんだから、と理友に運転を教えてくれたのは、他でもない榛名だ。リトモを預けている御殿場のガレージを訪ねるたび、私有地の中で何度も運転を教わって、最近はすっかり一人で運転できるようになっていた。

砂利道《じゃりみち》のカーブをゆっくり曲がり、三人の前に戻ってくると、車のエンジンを止めた理友は運転席から顔を出した。

「ねえねえ、オレ、ちゃんと曲がれるようになったよね！」

「ああ、前よりもずっと上手になったよ。最初は直進しても曲がっちゃうし、あっという間にエンストさせてたけどな」

「もー、榛名さん！　賢ちゃんやリュージュの前でそういうこと言わないでよ」

「ごめん、ごめん」

理友が運転席を降りながら文句を言うと、榛名が笑いながら謝る。

その横で、賢一や龍樹は珍しげに車を眺めていた。

「すっげーなあ、マニュアル車じゃん！」

「古いと言えば古いけど、手入れはいいね。きちんと整備してあるし……なあ、理友。オレも運転してもいい？」

「え？　リュージュって運転できるの？」

理友が目を丸くして驚くと、賢一が横から答える。

「リュージュは、フランスで乗ってるんだろ？」

「ああ。祖父母の家で。あちらはマニュアル車も多いし……フィアットは乗ったことないけど、シトロエンやルノーがあったし」

そう答えながら龍樹は運転席を覗き込み、これなら動かせるかな、と呟いている。

理友も一緒に覗いて、ここがアレ、あっちがこうで、と榛名からの受け売りで説明すると、龍樹は納得したように頷いているので、本当にわかっているようだ。

自分にとって、とても大切な車だから、誰にでもどうぞ、とは思わないけれど龍樹だったらいいかなという気持ちになったので、理友は答えた。

「うん、いいよ」

「本当に？」

「ホント、ホント。リュージュだったらいいよ。でもクセがある車だから気をつけてね」

そんな話をしている横で、ふと見れば榛名はジーンズのポケットから携帯電話を取り出してディスプレイを確認していた。

理友の視線を感じると、ごめんと片手を上げて少し離れた場所に歩いていく。

どうやら仕事絡みの電話らしい。今日は会ってから、ずっとこの調子だ。一時期の忙しさは一段落ついたようだが、いまだに榛名は忙しいようだった。

それでも時間を調整しながら、こうやって自分に会う時間を作ってくれることが嬉しい。

御殿場に来たのも久しぶりだし、こんなふうに賢一や龍樹たちも一緒に来たのは初めてで、それだけで理友は楽しい気持ちになっていた。

思い返してみれば、一年前——母親が亡くなり、たった一人の肉親となった祖母とも離れ、信州の田舎から横浜郊外にある至恩学院に入学した時、理友は何も知らなかった。

自分の生まれのことも、父親のことも。

名前をもらったフィアットのリトモのことだって。

いいことも悪いことも、いろいろあったけれど、あらためて振り返ってみれば、榛名という恋人ができたし、龍樹と賢一という信頼できる友人もできたし、亡き母から勧められるままに至恩学院に入ってよかったと今では思える。

そんなことを考えていると、離れて電話をしていた榛名が戻ってきた。

「ごめんな、いろいろ待ったナシで」

「ううん。それより、リュージュが運転できるっていうんで貸してあげようかと思うんだけど、だいじょうぶかなあ?」

「リュージュが?」

車のそばに戻りながら話すと、榛名は意外そうに目を見開く。

自分の名前が出たと気づいたらしく、運転席を見ていた龍樹が口を開いた。

「母方の田舎で、マニュアルのシトロエンなら運転したことがあるんです。だから、おそらくこの車もできるんじゃないかな」

「ああ、シトロエンかあ、いいなあ。車種は?」

榛名がなにげなく問い返すと、龍樹は肩をすくめた。

「詳しい車種は覚えていませんね。叔父がクラシックカーを集めていたので、もしかしたら、榛名さんが好きそうな車もあったかも」

「フランスの田舎かあ、いいなあ。とりあえず、一度、理友の隣に乗って運転するのを見て、できそうか、自分で確認しろよ。それより、理友のほうはいいのか？　大事な車なのに、他人が運転しても」

そんなことを訊ねる榛名に、理友は頷いた。

「いいよ、リュージュだったらかまわない……それに、リュージュには、寮を抜け出した時の借りがあるし」

そう答えると、リュージュの横で賢一が笑った。

「ああ、聞いたよ。大変だったんだって？　リュージュ一人で、理友を二階まで運ぶのは」

「そうそう。オレが手伝うって言っても入れてくれないし」

「だって、榛名さんは部外者じゃないですか」

そんなたわいもない言い合いを聞きながら、もう一回、リトモの運転席に乗り込んだ理友は、ふと思い出したように口を開いた。

「あ、そうだ！　借りって言ったら思い出した！　リュージュと賢ちゃんに言っておかないといけないことがあったんだ」

「なんだよ？」

「あれあれ、屋上のこと」

そう答えると、賢一も龍樹も首を傾げる。

「屋上？」

「うん。あの榛名さんが教えてくれたっていう屋上、ちょうど斜め横に立ってる教官棟の一番端っこの部屋から見えちゃうんだよ。羽田さんと一緒に退職する先生の教官室を片付けてた時、あそこでチューしてる賢ちゃんとリュージュが見えちゃって」

羽田さんから、これまでは書棚の奥で滅多に人が来ないようなところにある窓だったけど、これからはどうなるかわからないから、迂闊なことをしないほうがいいって言ってあげてって言われてたんだよ、と告げた途端、賢一と龍樹は固まってしまった。

「……チュ、チューって、見たのか、理友？」

「うん。羽田さんと」

理友が頷くと、動揺している賢一の頭を真っ赤になった龍樹が張り飛ばした。

「賢！　お、おまえが、あんな場所を見つけてくるから！」

「ま、待てよっ！　オレじゃねえよ、教えてくれたのは榛名さんだよっ」

「オレかよ」

榛名が笑いながら突っ込むのもかまわず、賢一も龍樹も赤くなって言い合っている。

やっぱり息が合うというか、本当に仲がいいなあ、という感じだ。

いつもは冷静で言葉数も少ない龍樹が真っ赤になっているのも珍しくて、理友はまじまじと見てしまう。

「なんか、榛名さんがオレをからかうの、わかるような気がする……」

「おいおい、なんだよ、それ」

「え？　真っ赤になってるリュージュ、可愛いじゃん？」

「理友！　可愛いとか言うなっ！」

すかさず、言い返してくる龍樹は、よっぽど恥ずかしいのか、顔を背けて逃げ出してしまう。

「おい、リュージュ！」

「うるさい！　ちょっと頭を冷やしてくる！」

「オレも行くよ」

「来るな！」

えー、なんで、と呑気に言い返しながら、賢一はめげることなく龍樹を追いかけていく。

腕をつかんだ途端、払い除けられて、それでも、またつかんでいるあたり、賢一はまったく懲りないようだ。けれど、そんな二人が微笑ましい。

すると、車に寄りかかった榛名が訊ねた。

「理友。サキと一緒に教官室から見えたって……あの神崎のオバサンの？」

「そうだよ。神崎先生の教官室は廊下の一番奥にあって、さらに本棚や本の山に囲まれてて、あそこの窓から見えるって気づく人は少なそうだったけど、先生が退官しちゃって、きれいに片付けたから、これからはどうかわからないでしょう」

そう答えると、榛名は腕を組んで考え込む。

「なるほどね」

「何が？」

「いや、むかーし、あそこでオレがサボって寝てると、サキに一発で見つけられちまったのは、そういう理由だったのかと思ってさ」

そう答えながら、榛名は苦笑を浮かべる。

「そっかあ……あいつは、オレのことをなんでもわかってるようだったから……だからすぐに見つけるのかと思ってたんだ」

「ふうん？」

「まあ、昔の話だけどな」

そんな話を聞いて、理友も思い出す。

羽田は今でも、榛名のことが好きに違いないと思ったことを。

榛名はわかっていないのかもしれない。

それでも、それは羽田と榛名の問題なのだ。一生、気づかないのかもしれない。自分には立ち入れない。それに、理友だって、榛名のことが大好きだから、もう不安になったり、迷ったりしない。どんなに心が揺れても、誰にも渡したくない。大好きな人を。

そう思いながら、じっと理友が見上げていると、榛名が視線に気づいて微笑んだ。

「なんだよ?」

「ううん、なんでもない」

「ん?」

「大好きって、思ってただけ」

理友が正直に告げると、榛名はちょっと驚いたように目を見開いた。

そして、照れたように顔を背けて前髪を掻き上げる。

「……あれ、榛名さん、照れちゃった?」

「いや、別に」

「そっか、榛名さんも照れるんだ」

「調子に乗るなよ」

「へっへー、乗っちゃう」

「こら」

大きな手のひらに頭を叩《たた》かれて、理友は明るい笑い声を上げた。

そして、まぶしい太陽の下、光を反射して輝く真っ赤なリトモのステアリングを握る。

フロントガラスの向こう、木立のそばには肩を寄せ合って話し込む賢一と龍樹が見えた。

「リュージュ!　ねえ、車に乗らないの?」

「……今、行く」

理友が声をかけると、振り向いた龍樹が気まずそうに答えた。その隣で賢一が何か言うと、思いっきり叩いていたので、本当にケンカするほどなんとやらという感じだ。

ともかく運転席に腰を下ろし、ステアリングを握っていると、自然と笑みがこぼれる。

車の横では、榛名も楽しそうに微笑んでいた。

理友の大好きな明るい笑顔だ。

「いっそのこと、あいつらは放っておいて、二人でドライブするか」

「うわー、ひどいよ、それ」

意地悪なことを言っている榛名と笑い合いながら、理友は自分の気持ちを新たにする。

どんなに不安になって、心が揺れても、大好きな人を誰にも渡したくない。

だったら、渡さないように頑張るしかないのだ。

本当に好きだから——榛名が大好きだから、これからもずっと一緒にいたい。

それが今の、自分の一番の願いだから。

I wish :2 / The Happy End.

あとがき

ドモドモ、小塚佳哉です。ぺこり。

ようやく「恋におちる、キスの瞬間」、「愛にかわる、キスの永遠」の完結編となるお話をみなさんのお手元に届けることができました。

これでやっとひとつのストーリーを語り終えたというか、肩の荷が下りたというか、ここにたどり着くまで紆余曲折《うよきょくせつ》、いろいろあった作品ですが、最後まで読んでくださったみなさん、本当にありがとうございます。

三冊に渡って、素敵なイラストを描いてくださった沖麻実也先生にも心からの感謝を！

また、この作品に関わってくださったすべての方々にも感謝します。

そして、最後になりましたが、読んでくださった方が、ほんのひとときでも浮き世の憂さを忘れて楽しんでくれることを願っています。

小塚　佳哉

センセイ！
次はこの2人の出番ですね！(Φ∀Φ)ノ
サキちゃんと兄の『一見』アンハッピー？
なラブラブストーリーとか…（萌／笑）
……いやマジにお願いします。

世界が繋がってる作品の挿絵、楽しかったです。
ありがとうございました。

ダリア文庫をお買い上げいただきましてありがとうございます。
この本を読んでのご意見・ご感想・ファンレターをお待ちしております。

〈あて先〉
〒173-8561　東京都板橋区弥生町78-3
(株)フロンティアワークス　ダリア編集部
感想係、または「小塚佳哉先生」「沖麻実也先生」係

❋初出一覧❋

恋がゆれる、キスの誘惑……………………書き下ろし

恋がゆれる、キスの誘惑

2012年4月20日　第一刷発行

著者　小塚佳哉

発行者　藤井春彦

発行所　株式会社フロンティアワークス
〒173-8561　東京都板橋区弥生町78-3
営業　TEL 03-3972-0346　FAX 03-3972-0344
編集　TEL 03-3972-1445

印刷所　図書印刷株式会社